CHRONIQUES AGRICOLES

PAR

LE Dr FRÉDÉRIC CAZALIS

Membre de la Société centrale d'agriculture de l'Hérault et de la Société
d'agriculture, industrie, sciences et arts de la Lozère; membre correspondant
des Sociétés d'agriculture de Vaucluse, de l'Aveyron, de la Société industrielle
d'Angers, du Comice agricole d'Alais, de la Société Linnéenne de Bordeaux, etc., etc.

(Extraites du MESSAGER DU MIDI)

Premier fascicule.

MONTPELLIER
GRAS, IMPRIMEUR-LIBRAIRE
—
1859

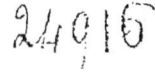

CHRONIQUES AGRICOLES

I

Le bas prix actuel des céréales est le prin-
cipal objet des préoccupations de toute la
presse agricole. Les sociétés d'agriculture,
les comices agricoles adressent chaque jour
à ce sujet de nouvelles plaintes au gouver-

nement. A entendre les vœux exprimés par
la plupart de ces sociétés, il faut se hâter de
rétablir l'échelle mobile, contre laquelle pourtant on avait tant réclamé pendant les années de disette que nous avons eu naguère à
traverser. Nous sommes trop sincèrement
partisans de la liberté commerciale pour unir
notre voix à toutes celles qui demandent le
rétablissement du système protecteur. Si les
intérêts du cultivateur nous préoccupent à
juste titre, nous n'allons pas néanmoins jusqu'à vouloir leur sacrifier les intérêts tout
aussi respectables des consommateurs, et
d'ailleurs l'expérience est là pour prouver à
tous que les lois les plus restrictives ont toujours été impuissantes pour élever, d'une
manière notable, les cours des céréales, lorsque les récoltes d'une ou plusieurs années
ont été supérieures aux moyennes habi-
tuelles.

Les cultivateurs sont persuadés que la libre
entrée des grains étrangers est la seule cause
du bas prix actuel des céréales; ils sont,
selon nous, dans une grave erreur, car
d'abord les quantités de grains importées de
l'étranger sont peu importantes, eu égard aux
quantités infiniment plus considérables ré-
coltées en France, et nous voyons en outre,
d'après les chiffres cités par M. Léonce de Lavergne, qu'en 1858, année de complète liberté pour l'importation et l'exportation des
grains, la France a exporté beaucoup plus de

céréales en grains ou en farines que ce qu'elle en avait reçu de l'étranger. Le tableau suivant, publié d'après des documents officiels par M. de Lavergne, mérite d'être soumis à nos lecteurs :

IMPORTATIONS ET EXPORTATIONS DE 1858.

Quantités exprimées en quintaux métriques.

	Importations.	Exportations.
Froment et méteil,	1,380.777	2,911,840
Seigle,	33,290	428,168
Maïs,	80,816	110,936
Orge,	166,791	523,937
Avoine,	524,825	101,210
Total des grains,	2,186,499	4,076,091
Farines,	50,267	1,313,123

Ces chiffres ont bien leur éloquence, et nous espérons qu'en présence des résultats qu'ils constatent l'échelle mobile disparaîtra pour toujours de notre législation. M. de Lavergne demande la liberté absolue d'importation par terre et par mer, moyennant un droit fixe de 1 franc par hectolitre de grains et 2 francs par quintal métrique de farine ; même liberté pour l'exportation, moyennant un simple droit de balance de 25 cent. par quintal métrique, tant en grains qu'en farines. En Angleterre, en Belgique, en Suisse et en Sardaigne, l'exportation est libre et l'importation est soumise à un droit fixe qui n'est que de 15 cent. par hectolitre de grains en Suisse, de 43 cent. en Angleterre, de 50 cent. en Belgique et en Sardaigne.

M. Auguste Picard, vice-président de la Société d'agriculture de Vaucluse, a inséré dans le Bulletin de cette société un excellent article au sujet de l'échelle mobile. Après avoir montré que les grains étaient tombés à des prix aussi bas et même plus bas que ceux d'aujourd'hui, à des époques où l'importation des céréales était complétement prohibée, il prouve, par l'exemple de l'Angleterre, que la suppression des droits protecteurs ne saurait nuire à notre agriculture, si nous suivons les bons exemples qui nous ont été donnés par nos voisins d'outre-Manche. Il résulte, en effet, d'une enquête faite par par les ordres de S. Exc. M. le ministre de l'agriculture et du commerce, auprès des diverses sociétés d'agriculture anglaises :

1° Que l'étendue des terres employées à la culture des céréales, en Angleterre, s'est notablement accrue depuis la suppression des lois sur les grains (de l'échelle mobile);

2° Que cette suppression a contribué à augmenter rapidement les progrès de l'agriculture, les propriétaires et les fermiers ayant senti la nécessité de produire plus économiquement en recourant à la culture intensive et aux instruments agricoles perfectionnés;

3° Que les produits du sol se sont accrus. Dans bien des cas, la rente a aussi augmenté, de même que le revenu de ceux qui cultivent leurs propres terres, et le prix des terres a augmenté.

M. Picard démontre jusqu'à l'évidence que ce qui a été fait en Angleterre est parfaitement applicable en France. Le sol, le climat, la constitution de la propriété, en France, ne s'opposent nullement à ce que nous puissions faire également chez nous de la culture intensive, comme en font nos voisins. Pratiquer le drainage là où il est utile ; fumer plus abondamment les terres destinées aux céréales, et, dans ce but, étendre les cultures fourragères, pour nourrir constamment à l'étable des espèces améliorées de bestiaux ; employer des machines et instruments agricoles perfectionnés, qui font un travail meilleur et plus économique ; choisir pour semence les sortes de grains les plus productives et de meilleure qualité ; introduire de meilleurs modes d'assolement, de cultures nouvelles : tels sont les principaux procédés de la culture intensive, à l'aide desquels on est arrivé, en Angleterre, à produire, en moyenne, 30 hectolitres de blé à l'hectare, tandis que le produit moyen, en France, ne dépasse pas 12 hectolitres, semence déduite.

Nous sommes de l'avis de M. Picard : c'est surtout sur lui-même que le cultivateur doit compter pour sortir de la crise où nous sommes. Qu'il s'efforce de produire à meilleur marché en perfectionnant ses cultures, et les quantités plus considérables de grain qu'il récoltera sur son domaine lui laisseront de bons bénéfices, alors même qu'il ne trouvera à les vendre qu'à des prix qui, dans l'état actuel de la production, ne seraient pas suffisamment rémunérateurs.

Puisque nous avons parlé de cultures perfectionnées, nous devons faire connaître un des emplois les plus ingénieux qui aient été faits de la vapeur pour les travaux des champs. Jusqu'à présent on n'avait vu fonctionner, en Angleterre, que des appareils s'appliquant uniquement au labourage; désormais, toutes les opérations agricoles pourront être exécutées par le nouveau système de M. Halkett. M. de la Trehonnais a vu ce système mis en pratique sur l'exploitation rurale de M. Halkett, à Wandsworth, et dans un jardin de Kensington, à Londres même, et, plein d'enthousiasme en présence des résultats obtenus, il croit que désormais le problème de l'application de la vapeur aux travaux agricoles est complétement résolu. Voici comment M. de la Trehonnais explique le but et le système de M. Halkett :

« 1° Appliquer la vapeur comme force

motrice, pour accomplir toutes les opérations que demande la culture du sol, telles que le labour dans toutes ses branches, le hersage, le roulage, l'ensemencement en lignes ou par poquets, ou même à la volée, le sarclage, le binage, l'arrosage avec l'engrais liquide ou l'eau pure, la récolte de tous les produits, le transport dans les champs des engrais et de quelques ouvriers nécessaires au service, et celui des produits à la grange, le tout *sans l'emploi d'un seul cheval;*

» 2° Rendre les opérations si précises et si régulières, qu'on pourra travailler la nuit comme le jour, tant dans l'intérieur des fermes qu'au dehors, afin de pouvoir profiter de toutes les conditions favorables de la température ;

» 3° Etablir le système sur les exploitations les moins importantes, de manière à pouvoir rendre les avantages de la culture à vapeur accessibles à la petite culture comme à la grande, et même aux jardins potagers.

» Pour arriver à ces résultats, il faut d'abord que toute la surface de l'exploitation soit couverte de rails espacés de 15 à 18 mètres, sur toute la longueur des champs. A la tête des pièces de terre, le long des chemins d'exploitation et de communication d'un champ à un autre, des rails existent aussi, mais beaucoup plus rapprochés. Les rails placés sur la surface des champs servent au

mouvement de l'*engin cultivateur*. Cet engin
consiste en une *plate-forme* s'étendant d'une
ligne de rails à une autre et se meut au moyen
de deux locomotives placées à chacune de ses
extrémités.... C'est à cette plate-forme que
sont attachés tous les instruments qui doivent
agir sur le sol; elle les entraîne après elle
d'un bout à l'autre du champ. »

Nous renvoyons, pour les détails, à l'intéressant article que M. de la Trehonnais a publié, sur le système Halkett, dans le numéro
du 5 février du *Journal d'agriculture pratique*. On a joint à cet article de nombreuses
gravures, qui permettent de se rendre parfaitement compte des différentes opérations
qu'on peut exécuter avec ce nouveau système
de culture.

Pour couvrir un hectare de terre de rails
en fer, il faut compter sur une dépense de
1,200 fr. environ. Un bon labour, par le système Halkett, revient de 4 fr. 50 c. à 6 fr. par
hectare. M. Halkett pense que, par l'emploi
de son système, on arrivera facilement à faire
produire à la terre 100 fr. de plus par hectare. Il estime qu'une ferme de 400 hectares,
cultivée par les méthodes ordinaires, doit
coûter, pour frais d'exploitation, 77,000 fr.,
tandis que, avec son système, ces frais seraient réduits à 47,500 fr. M. Halkett sera,
sans doute, traité d'utopiste et de rêveur par
la plupart de nos vignerons; pour nous, qui

croyons fermement au progrès, nous ne serions nullement surpris de voir un jour les
magnifiques vignobles de nos fertiles plaines
de l'Hérault sillonnés par des locomotives
entraînant après elles la plate-forme de l'habile mécanicien anglais.

Nous voici bientôt arrivés à l'époque où la
vigne va entrer en végétation. Il est probable que l'oïdium visitera encore quelques-
uns de nos vignobles et qu'il faudra de nouveau revenir à l'emploi du soufre pour se débarrasser de ce fâcheux parasite. Nous ne
saurions trop recommander le soufrage à l'é-
poque de la floraison, car c'est, de tous les
soufrages, le plus efficace.

L'oïdium a occasionné sans doute de grandes pertes dans la plupart des pays de vignobles; mais, comme le bien se trouve presque
toujours à côté du mal, c'est sans doute à la
disette de vin qu'il a provoquée que les départements du Midi sont redevables de la faveur avec laquelle leurs vins ont été accueillis
par les consommateurs du Nord. Des vignobles de plaine, qui envoyaient d'ordinaire
leurs produits à la chaudière pour être con-
vertis en 3/6, ont livré leurs vins à la consommation pendant les années de disette que

nous avons eu à traverser, et ces vins, peu al-
cooliques, ont été très-appréciés. Maintenant
que les moyens de communication sont plus
faciles et que, grâce aux chemins de fer, les
frais de transport ont diminué pour les vins de
près des quatre cinquièmes, nous voyons arriver chaque année, dans nos pays, de nombreux
marchands de vins qui viennent de tous les
points de la France pour faire eux-mêmes,
chez le propriétaire, leurs approvisionne-
ments. M. Cazalis-Allut a publié, dans le *Bulletin de la Société d'agriculture de l'Hérault*,
un article intitulé : *Avenir des vins du Midi;
moyen de les améliorer par la culture de
nouveaux cépages*. Il montre que rien n'est
plus facile que de faire des vins d'une bonne
conservation dans le Midi. « Vendangez de
bonne heure, dit-il, afin d'éviter la pourriture du raisin; foulez peu ou beaucoup,
n'importe; décuvez dès que le chapeau commence à s'affaisser, dans des futailles exemptes
de mauvais goût; mélangez le vin de pressoir
avec le vin fin; bouchez vos futailles dès que la
fermentation est terminée; ouillez alors et ré-
pétez plus tard cette opération, si c'est nécessaire; soutirez votre vin en février ou mars,
et vous le conserverez parfaitement pendant
l'été. Enfin, au moment de vendanger, un
nouveau soutirage devient nécessaire; mais
ce soutirage peut être renvoyé en octobre
ou novembre, et cela vaut mieux quand le
vin n'est pas logé dans la cave qui est des-

tinée à recevoir la vendange. Voilà en quelques mots tout ce qu'il faut faire dans le Midi pour obtenir des bons vins d'ordinaire et les bien conserver. Le point le plus important est de vendanger quand le fruit est encore bien sain.

M. Cazalis-Allut prouve ensuite qu'on peut arriver, par l'introduction de nouveaux cépages et surtout de cépages précoces, à améliorer la qualité du vin. Il cite à ce sujet les vins qu'il a obtenus dans son domaine d'Aresquiès avec des plans de liverdun, de pineau, de cabernet-sauvignon, et fait connaître le jugement favorable qui a été porté sur ces vins par des comités de dégustation du Congrès de Dijon, en 1841, et du Congrès d'Angers, en 1851.

Les départements méridionaux sont dans les meilleures conditions possibles pour produire de bons vins, car l'on peut faire avec chaque cépage des qualités de vins très-distinctes, suivant le degré de maturité auquel l'on cueille le raisin. Avec le pineau et le gamay, par exemple, M. Cazalis a obtenu de la même vigne, en vendangeant lorsque le moût était à 8 ou 9 degrés de l'aréomètre de Beaumé, du vin d'ordinaire, acidulé, peu alcoolique, très-parfumé; du vin d'entremets, lorsque le moût atteignait de 13 à 15 degrés, et enfin des vins de liqueur d'autant plus doux que l'on parvenait, selon l'année, à atteindre un degré de maturité plus élevé.

Nous recommandons aux vignerons le mémoire éminemment pratique de M. Cazalis-
Allut; ils y trouveront des indications utiles
pour améliorer la qualité de leurs vins.

Nous avons lu dans le journal *l'Agriculteur praticien*, du 25 février, qu'un chi-
miste polonais vient de découvrir un procédé
nouveau pour épurer les alcools empyreu-
matiques : il suffit de distiller ces alcools sur
des savons convenablement disposés, pour
leur faire perdre tout mauvais goût. Le savon
dont on se sert pour cette épuration ne doit
contenir ni potasse, ni excès d'acide gras :
c'est du savon dur ou *sodique*. On l'emploie
à la dose de 4 kilogrammes par hectolitre
d'alcool. Il est évident que, si le procédé
du docteur polonais est d'une exécution facile et peu dispendieuse, il permettra à une
foule d'alcools de faire concurrence à celui
du vin. M. Henri Marès a établi, dans une
note insérée dans le compte rendu de la
séance de la Société d'agriculture de l'Hérault, du 15 novembre 1858, que le prix
de revient de l'alcool de betterave peut
varier de 31 fr. 50 c. à 63 fr. 30 c. l'hectolitre; si cet alcool pouvait être débarrassé
à bon compte de son mauvais goût, il ferait une rude concurrence à nos 5/6 de vin.
C'est au vigneron à se préoccuper de la si-

tuation qui lui serait faite le jour où les alcools bon goût de betterave, de sorgho ou
de toute autre plante, pourraient être livrés à
30 fr. Il faut, dans cette prévision, qu'il
s'attache principalement à produire de bons
vins de bouche, et, dans un climat aussi
favorisé que le nôtre, il est facile d'arriver
partout à ce résultat en ne cultivant que de
bons cépages et en apportant plus de soin
dans la fabrication des vins.

15 mars 1859

II

Dans une des dernières séances de la Société centrale d'agriculture de l'Hérault, on a abordé la question du prix de revient du blé. MM. Pagezy, Henri Marès et Gaston Bazille ont fait connaître à leurs collègues quel était le produit des champs qu'ils cultivaient en céréales et, chose assez remarquable, ces trois propriétaires, bien que placés dans des conditions toutes différentes, sont arrivés au même résultat, c'est-à-dire à produire du blé au prix de revient de 12 à 13 fr. l'hectolitre. MM. Pagezy et Marès comptent sur un rendement moyen de 25 hectolitres de blé à l'hectare. M. Bazille est arrivé, dans la plaine de Lattes, grâce à des fumures abondantes et souvent répétées, à faire produire à ses champs 35 hectolitres. Les agriculteurs que nous venons de citer ne sèment habituellement en blé que des terres qui ont eu précédemment des luzernes et du sainfoin. Dans les plaines du département de l'Hérault, où la luzerne vient admirablement et donne jusqu'à 175 quintaux métriques de fourrage sec à l'hectare, on ne fait du blé que comme pis-aller, lorsque la luzerne est trop vieille pour pouvoir être conservée avec avantage. On est dans l'usage de prendre sur le défoncement de cette plante fourragère deux blés de suite et une avoine. Les agronomes critiqueront à coup sûr cette infraction à la théorie des assolements. Trois céréales de suite! N'est-ce pas vouloir épuiser le sol? M. Gasparin, consulté à ce sujet, répondit que, si la théorie condamnait cette méthode, la pratique prouvait néanmoins qu'elle donnait de très-bons résultats.

M. Marès a établi également le prix de revient du blé, lorsqu'au lieu de semer cette céréale sur un défoncement de luzerne ou de sainfoin, on adoptait l'assolement biennal blé, jachère, ou l'antique assolement triennal jachère, blé, avoine. Tandis qu'avec le premier de ces assolements l'hectolitre de blé revient à 18 fr., il faut compter que cette même quantité de grains coûte plus de 25 fr. au propriétaire qui soumet ses terres à l'assolement triennal.

La conclusion pratique à tirer de tous ces

chiffres n'est-elle pas que, si le blé a un prix
de revient très-variable, cela dépend principalement de l'intelligence plus ou moins
grande des propriétaires qui s'adonnent à la
culture des céréales. Ce n'est que par un
choix judicieux de l'assolement qui convient
le mieux à son domaine, et en donnant le
plus d'extension possible aux cultures fourragères, que l'agriculteur peut arriver à produire du blé à des prix rémunérateurs. Que
l'on ne compte donc plus sur des droits protecteurs pour relever le prix des grains, mais
qu'on fasse tous ses efforts pour produire le
blé à bon marché, en perfectionnant les
cultures et en diminuant les frais de main-
d'œuvre par l'adoption de certains instruments, tels que les semoirs et les machines
à battre.

La croisade en faveur de l'échelle mobile multiplie ses efforts. Un grand nombre de sociétés d'agriculture et de comices agricoles ont cru devoir formuler leurs
vœux au gouvernement pour réclamer le
rétablissement du système protecteur. Un
comité, présidé par M. Darblay aîné, vient
de se former tout récemment, et il fait appel à tous ceux qui pensent avec lui que le
libre échange est une utopie, qui, appliquée
à l'importation des grains, deviendrait fu-

neste à l'agriculture. La Société centrale d'a-
griculture de l'Hérault restera sourde à cet
appel, car déjà, en 1847, elle avait eu occasion de formuler des vœux sur la question
qui revient aujourd'hui à l'ordre du jour.
Un rapport sur le libre échange ayant été fait
à cette époque par MM. Bérard, Coste et
Pomier-Layrargues, la Société d'agriculture
en vota l'impression dans son Bulletin et
en adopta en entier les conclusions. Nous
croyons que nos lecteurs nous sauront
gré de les remettre sous leurs yeux. Elles
furent adoptées par cette Société dans sa
séance du 5 avril 1847.

La Société centrale d'agriculture et des
comices agricoles du département de l'Hérault reconnaît :

» Que l'échange est de droit naturel ;

» Que ce droit incontestable, réserve
étant faite des intérêts du trésor, ne peut être
restreint dans son libre développement que
tout autant que l'utilité publique le demande ;

» Que certaines de nos lois douanières,
notamment les lois sur les *céréales*, les graines
oléagineuses, les fers, la houille, par leurs
dispositions restrictives, nuisent essentiellement à l'intérêt général, ou bien qu'elles ont
pour effets immédiats de favoriser quelques
industriels, quelques individus au détriment
de tous ;

» Par ces considérations puissantes, la Société d'agriculture émet le vœu :

» Qu'une révision modérée, mais progressive, fasse disparaître de nos tarifs ces dispositions, qui sont en opposition flagrante avec
les intérêts du plus grand nombre;

» Qu'une sage mais constante application
des principes du libre échange devienne désormais la base fondamentale de notre législation douanière. »

La question du libre échange, depuis
bientôt douze ans que ce vœu a été for-
mulé, a gagné du terrain. Les craintes actuelles des producteurs de blé, à l'idée de la
suppression de l'échelle mobile, sont celles
qu'éprouvaient les éleveurs de bestiaux lorsqu'il fut question de laisser entrer librement
en France le bétail étranger. A entendre ces
derniers, c'en était fait de l'agriculture le
jour où, affranchi de tous droits, le bétail
étranger viendrait faire concurrence sur les
marchés à celui qu'on élève en France. La
viande devait, d'après eux, tomber à des prix
si bas, à la suite de cette concurrence, qu'il
n'y aurait plus avantage à faire des élèves.

Craintes chimériques ! la libre entrée du
bétail en France n'a pas eu tous ces funestes
résultats : le prix de la viande a augmenté
au lieu de baisser; la concurrence a seulement obligé les éleveurs à porter leur attention sur les races perfectionnées qui sont

susceptibles de donner les plus beaux bénéfices. Il en sera de même de la suppression
de l'échelle mobile : le blé sera cher ou bon
marché, suivant la rareté ou l'abondance des
récoltes, et chaque cultivateur s'efforcera de
perfectionner ses cultures pour produire son
blé à meilleur marché.

C'est parce qu'elle est certaine de ce résultat que la Société d'agriculture de l'Hérault a cru devoir émettre un vœu moins ti-
mide que celui de 1847, et qu'elle a décidé,
à l'unanimité des membres présents, à sa
séance du 14 mars dernier, qu'elle verrait avec
plaisir la suppression de toute espèce de
droits, tant pour l'exportation que pour l'importation.

Je connais un assez grand nombre de
propriétaires qui, pour se procurer des
fumiers, s'étaient adonnés à l'élève ou à l'engraissement des porcs, et qui ont fini par y re-
noncer, parce que cette opération les consti-
tuait en perte. Leurs expériences ne sauraient
avoir quelque valeur que si elles avaient été
faites dans des conditions convenables ; c'est
ce qui résulte des faits suivants :

M. de la Thulaye avait mis à l'engrais deux
porcs de race craonaise, âgés de sept mois
et pesant 317 kilogr. Ces deux porcs consommèrent, en 65 jours, 11 hectol. d'orge,

2 hectol. de pois, le tout valant 147 fr. 50 c.
Ils accrurent de 67 kilogr., ce qui mit le
coût de chaque kilogramme à 1 fr. 52 c. Ces
porcs ne furent vendus qu'à raison de 85 c.
poids vif. La perte était donc de 67 c. par
kilogramme, ou 65 fr. sur le tout.

Doit-on conclure de cette expérience que
l'engraissement du porc soit une opération
ruineuse? Bien des gens raisonneraient ainsi,
sans se préoccuper des causes de leur insuc-
cès. Et, pourtant, le mauvais choix de la race
craonaise avait seul amené, dans ce cas, le fâcheux résultat de l'opération.

M. de la Thulaye avait également mis à
l'engrais, à la même époque, quatre porcs
new-leicester, pesant ensemble 306 kilogr.
En 15 jours, ces animaux consommèrent.
8 hectol. d'orge et gagnèrent 171 kilogr. Le
kilogramme ne revenait qu'à 49 c. Les porcs
ayant été vendus à raison de 1 fr., poids vif,
produisirent un bénéfice de 51 c., ou 87 fr. 25
sur le tout.

Ces deux expériences comparatives prouvent combien il faut de prudence avant de
se prononcer, d'une manière définitive, sur
une question agricole quelconque.

M. Ch. de Sourdeval, président de la
Société d'agriculture d'Indre-et-Loire, vient
de nous faire connaître un nouveau mode de

grenier dit *grenier vertical*, imaginé par
M. Pavy, un de nos agriculteurs les plus
éminents. Ce système, qui permet de loger
beaucoup de blé en peu d'espace, et qui met
le grain à l'abri des souris, des charançons
et des alucites, nous paraît assez ingénieux
pour mériter d'être connu. Nous laissons la
parole à M. de Sourdeval :

« Au lieu d'étendre son blé sur de vastes
plans horizontaux, M. Pavy le précipite dans
une caisse en bois de forme carrée, se termi-
nant en entonnoir à la partie inférieure et
posée sur un pivot qui soutient le tout à une
certaine élévation, dans le coin de la grange
où cette espèce de silo aérien se trouve placé.
La boîte est formée de madriers de sapins du
Nord, fortement reliés par des traverses de
chêne. Au fond de l'entonnoir, un tube de
fonte, formant robinet, laisse écouler le blé ;
soit dans des sacs pour le livrer au commerce,
soit dans un tarare pour le nettoyer et le ventiler. Du tarare, le blé tombe dans un auget,
où une chaîne de cuir armée de godets le
ramasse et le fait remonter le long d'un tube
vertical jusqu'à l'orifice du grenier et l'y fait
rentrer. Le blé, en retombant, subit la divi-
sion que lui imprime un disque en forme de
parasol. »

Le grenier que M. Pavy a établi dans sa
ferme, sur le plan que nous venons d'indiquer, contient 635 hectolitres. Il a 4 mètres

sur chaque face et 9 de hauteur totale, y
compris celle du pivot qui le soutient au-dessus du sol, et permet de déverser son blé im-
médiatement dans l'entonnoir du tarare. Le
service de ce grenier, pour emmagasiner ou
ventiler, se fait, chez M. Pavy, au moyen d'une
machine à vapeur; mais on peut substituer à
la vapeur un manége attelé d'un ou deux
chevaux, ou même les bras de deux hommes.
Le remuage du blé et sa ventilation ne re-
viennent pas à plus d'un centime par hectolitre. Un grenier de ce système, qui pourrait contenir 1,000 hectolitres, ne coûterait
pas plus de 2,000 fr. à établir.

Nous pensons qu'il serait facile, dans nos
pays, d'établir à peu de frais des greniers
verticaux, en utilisant les vieux foudres qui
ne sont plus susceptibles de recevoir du vin,
mais qui seraient encore assez bons pour contenir du blé.

M. Babinet, de l'Institut, avait commis
une grave imprudence en annonçant pour
cette année un hiver des plus rigoureux. Sa
prédiction ne s'est pas réalisée; mais les propriétaires de vignes, qui se préoccupaient
très-peu des froids de l'hiver, étaient loin
d'être aussi rassurés au sujet des gelées du
printemps. La végétation de la vigne était
assez avancée au commencement d'avril pour

donner de sérieuses inquiétudes, et plusieurs vignobles ont souffert assez gravement des gelées blanches que nous avons eues tout récemment. Il existe depuis peu une Caisse d'assurances agricoles qui garantit les pertes occasionnées par la gelée, mais les primes qu'elle fait payer sont si élevées qu'il est plus avantageux, du moins, dans nos pays, de ne pas recourir à elle et de rester son propre assureur.

On a préconisé plusieurs moyens pour préserver les vignes des effets des gelées blanches; mais la plupart de ceux qu'on a indiqués jusqu'ici nécessitent des frais assez considérables. On sait qu'il suffit de recouvrir un cep d'un abri quelconque, qui défende les bourgeons recouverts de gelée blanche contre l'action des rayons du soleil, pour que la gelée ne produise sur eux aucun effet fâcheux. M. le docteur Guyot avait proposé de placer, dans ce but, des paillassons au-dessus de chaque cep. Nous avons eu occasion de voir employer cette méthode sur une vigne située près de Saint-Thibéry (Hérault). Le propriétaire de cette vigne, M. Delmas, médecin, recouvre chacune de ses souches d'un paillasson qui a à peu près la forme carrée (55 centimètres environ de côté). Chaque paillasson est supporté par quatre cannes fichées en terre, auxquelles il est en outre attaché par de petites ficelles.

La vigne de M. Delmas a une surface

de 60 ares, qui, complantée à raison de
4,200 souches à l'hectare, contient 2,520 ceps.
En admettant que ces paillassons, qui coûtent
85 fr. le mille, aient une durée de quatre
ans, nous pouvons établir de la manière suivante la dépense à faire pour abriter un hectare de vigne :

4,200 paillassons à 85 le mille,   F. 357
Intérêt du capital de 357 fr.
    à 5 p. 100, pendant quatre ans,   71 40
Pose des paillassons, 12 fr. par
    an, soit pour quatre ans,   48
                                      ─────────
    Dépense pour quatre ans,   476 40
soit, pour un an, fr. 119 10.

La vigne de M. Delmas est complantée en
aramon et située dans une plaine assez
basse, très-sujette aux inondations et aux
gelées. Grâce à ces abris artificiels, elle ne
fut nullement atteinte par les gelées qui
firent tant de mal dans les plaines de l'Hérault en 1856 et 1857. Les paillassons sont
placés chaque année le 10 avril et retirés
seulement le 10 mai, et il est presque impossible, pendant qu'ils y sont, de cultiver la
vigne. C'est là un assez grave inconvénient,
car, à cette époque, la culture de la vigne,
dans les plaines, est généralement facile.
Passé cette époque, si le printemps n'est pas

pluvieux, il n'est guère possible d'entrer dans les vignes pour les cultiver.

Voici quelles ont été, depuis 1834, les principales gelées blanches :

1834 : très-forte gelée, les 10 et 11 avril ;
1838 : très-forte gelée, le 22 avril ;
1850 : gelée des plus désastreuses, le 4 mai ;
1856 : très-forte gelée, le 5 mai ;
1857 : très-forte gelée, le 6 mai.

Une vigne placée dans les conditions de celle de M. Delmas produit environ 112 hectolitres à l'hectare, qui se vendent, année moyenne, de 30 à 40 fr. les 7 hectolitres. En admettant que chacune des gelées que nous venons de citer eût emporté 2|3 de la récolte, ce qui est rare dans les vignes plantées en aramon, il en résulterait que la vigne de M. Delmas, que nous supposons, pour simplifier le calcul, d'une contenance d'un hectare, aurait perdu, en vingt-cinq ans, trois récoltes et un tiers de 112 hectolitres, soit un peu plus de 373 hectolitres, qui, à raison de 35 fr. les 7 hectolitres, valent 1,865 fr.

Or, d'après le compte que nous avons fait, l'emploi des paillassons nécessite une dépense annuelle de 119 fr. 10 cent. On aurait donc dépensé, en vingt-cinq ans, la somme de 2,977 fr. 50 cent. pour éviter une perte de 1,865 fr.

Ce mode de protection par les paillassons
serait donc un fléau pire que la gelée, et
nous croyons que, s'il doit être employé
quelque part, ce ne peut être que dans les
pays où les gelées sont plus fréquentes que
dans l'Hérault, ou bien encore dans ceux où
le prix des vins est assez élevé pour permettre
de supporter une augmentation dans les frais
de culture de 119 fr. 10 cent. par hectare.

C'est habituellement vers le milieu du
mois d'avril que les eumolpes, si fatales
aux luzernes, commencent à s'accoupler. Il
est très-important de faire, à cette époque,
la chasse à ces insectes, car, en détruisant
les femelles avant qu'elles aient pondu leurs
œufs, on ne verra plus apparaître sur la
luzerne ces myriades d'affreuses petites larves
noires qui l'ont bien vite dévorée. Pour faire
cette chasse on se sert d'un instrument en
fer-blanc qui a la forme d'une gouttière, et
qu'on adapte à un long manche. L'ouvrier
parcourt toute la terre avec cet instrument,
en faisant les mêmes mouvements que pour
faucher. En répétant plusieurs fois cette opération, on parvient souvent à sauver la coupe
de luzerne atteinte par l'eumolpe ou par
ses larves. Nous avons vu fonctionner cet instrument à Saint-Thibéry, chez M. Baldy,
agriculteur distingué, qui, à l'exemple de

M. Mathieu de Dombasle, a abandonné la
noble carrière des armes pour consacrer tout
son temps à l'exploitation de son domaine.

Qu'on nous permette de terminer cette
chronique en faisant une sorte de profession
de foi. Celui qui est appelé à rédiger des
chroniques scientifiques ou agricoles ne doit
pas avoir la prétention de tirer de son propre fonds les sujets dont il entretient ses
lecteurs. Son but est, avant tout, d'être
utile en propageant les découvertes, les procédés ou les observations des autres, celles,
du moins, qu'il juge les plus dignes d'intérêt; mais il doit rendre à César ce qui ap-
partient à César, et citer toujours les sources
auxquelles il a cru devoir puiser. Tout le
monde connaît la fable du geai paré des
plumes du paon. Pourquoi faut-il que nous
soyons obligé d'en recommander la lecture
à un de nos confrères, à M. de Fay, qui,
dans sa chronique agricole publiée dans
le *Globe* du 6 mars 1859, a donné, comme
faites par lui, des observations relatives à
l'influence qu'exerce sur la maturation des
raisins leur plus ou moins grande proximité
du sol. Les quarante lignes que M. de Fay
a transcrites mot pour mot, sans citer l'auteur de ces observations, ont été prises par
lui dans le *Bulletin de la Société d'agricul-*

ture de l'Hérault ; il n'en dit rien néanmoins ,
et, comme il parle de *ses* muscats, je ne serais
pas étonné que cette chronique n'eût valu à
M. de Fay la commande de quelques bou-
teilles de vin de son crû.

15 avril 1859.

III

Nous avons été péniblement surpris en
apprenant par le *Moniteur* le rétablissement du
système de l'échelle mobile dans notre législation des céréales. Après l'enquête solennelle qui
avait été faite par le conseil d'Etat, après le
vote si important de la Société impériale et
centrale d'agriculture, nous espérions que le
gouvernement renoncerait pour toujours aux
droits variables établis par l'échelle mobile et
entrerait franchement dans la voie du libre
échange en se bornant à grever l'importation
des céréales d'un droit fixe, mais de peu d'importance.

Le décret du 7 mai, dont se réjouiront sans
doute les protectionnistes, n'est pas toutefois
de nature à décourager les partisans sincères
de la liberté commerciale, puisque le gouvernement reconnaît lui-même, dans un des consi-

dérants de ce décret, que la législation à laquelle il croit utile de revenir dans les circonstances actuelles comporte des *réformes*. Ces réformes, nous en sommes certains d'avance, seront opérées dans le sens libéral que nous avons essayé de faire prévaloir dans nos précédentes chroniques, et nous espérons que le moment où il sera permis de les réaliser n'est pas aussi éloigné que ce que pourraient le croire nos honorables adversaires.

Nous avons parlé récemment d'un petit insecte qui fait beaucoup de mal aux luzernes, et nous avons indiqué un moyen assez facile pour s'en débarrasser. Mais la luzerne a bien d'autres ennemis que l'eumolpe. Une plante parasite que tous les agriculteurs ne connaissent que trop, la cuscute, occasionne également chaque année de grands dommages aux luzernières. M. Ponsard avait constaté par l'analyse chimique la présence d'une énorme quantité d'acide tannique dans les plantes de cuscute; il pensa dès lors qu'en arrosant ces plantes avec des sels de fer (le sulfate de fer par exemple) il se formerait une combinaison de tannate de fer. L'expérience a justifié cette donnée scientifique. L'arrosage de la cuscute par le sulfate de fer, décompose entièrement cette plante ou pour mieux dire la minéralise en quelques heures; ce qui reste sur le sol après l'analyse, ce sont des filaments offrant l'aspect d'une pièce de fil noir éparpillée et tirée de tous côtés.

Voici comment se pratique cette opération :

Dans un tonneau (monté sur roues) contenant cinq hectolitres d'eau, je fais dissoudre, dit

M. Ponsard, de 5 à 10 % du poids d'eau de
sulfate de fer (ce sel est à si bon marché que je
ne compte pas bien rigoureusement la quantité
employée, l'eau n'en dissolvant que jusqu'à
saturation); à l'arrière de mon tonneau sont un
robinet et un tuyau de caoutchouc avec sa
lance. Arrivé dans le champ, je fais enlever à la
faux et au rateau le plus gros de la luzerne et de
la cuscute, de manière à permettre à l'arrose-
ment de pénétrer jusqu'au sol.

Le produit de ce fauchage est mis en tas ,
séché et brûlé , ou bien il peut être arrosé co-
pieusement par le sulfate. Je fais arroser avec
soin les places à cuscute au moyen d'un jet de
la dissolution du sulfate de fer. Il est bon d'arroser au delà de la zone envahie pour attaquer
tous les filaments. Le sulfate de fer étant un adju-
vant puissant de la végétation, la luzerne repousse de plus belle aux places attaquées, sans
jamais souffrir de l'arrosage, quelle qu'ait été
la proportion du sel. Il va sans dire qu'il ne
faut pas attendre la destruction de la luzerne
pour opérer; la repousse serait alors impossible.
Cette méthode ne compte que des succès.

Nous trouvons dans le Bulletin de la Société
d'agriculture de Vaucluse un rapport très-inté-
ressant sur le nouvel établissement que viennent de fonder à Cavaillon MM. Jouve, Chabaud
et Méritan. Les éducations précoces de vers
à soie, qu'on fait dans cet établissement, méritent d'attirer l'attention de tous les séricicul-
teurs, car elles ont pour but de déterminer ex-
périmentalement la valeur réelle des graines.
Quand on songe aux prix si élevés auxquels se

vendent aujourd'hui des graines pour la plupart de mauvaise qualité, on doit appeler, de tous ses vœux, le moment où l'acheteur pourra exiger qu'on ne lui livre, en échange de son argent, qu'une marchandise saine, déjà éprouvée. La chambre de commerce de Lyon a encouragé les premiers essais de MM. Jouve, Chabaud et Méritan, en leur accordant cette année une somme de 20,000 fr. à titre de subvention. M. le marquis de Lespine et M. Joseph Verdet ont visité l'établissement de Cavaillon, le 14 mars, et ils en donnent dans leur rapport à M. le préfet la description suivante :

L'établissement consacré aux éducations précoces se compose d'une magnanerie et d'une serre dans laquelle se trouvent les mûriers dont les feuilles sont destinées à la nourriture des vers. La magnanerie comprend trois pièces : 1° un cabinet de travail, servant en même temps de chambre d'incubation pour la préparation préliminaire de la graine; 2° une chambre contenant cinquante-deux claies, dont les dimensions sont de 1^m 50 de longueur sur 0^m 50 de largeur ; cette nouvelle pièce est divisée en deux parties, dont l'une sert à l'incubation définitive et est entretenue à la température de 20° environ (thermomètre Réaumur), tandis que l'autre, chauffée à 18° ou 19°, contient les vers de la première à la troisième mue; 3° une troisième chambre, chauffée entre 16° et 18°, contenant soixante-douze claies, et dans laquelle les vers sont nourris jusqu'au moment de la montée. La serre est d'une longueur de 50^m sur 8^m de hauteur et 7^m de largeur. Une annexe qui se construit la prolongera de 16 mètres. Cette serre con-

tient dix mûriers, dont le produit en feuilles
peut être évalué à 1,500 kilogrammes environ
et peut servir à faire 200 essais, pourvu, toutefois, que ces essais ne portent que sur 500 vers
seulement.....

Une ancienne magnanerie reçoit les échantillons reconnus atteints et sert de logement aux
ouvrières. Le personnel se compose environ de
quinze individus, chauffeurs de jour et de nuit,
surveillants, etc., etc. On construit en ce moment un hangar destiné à recevoir le matériel
de la serre et de la magnanerie ; ce hangar
aura 22 mètres de longueur.

La feuille pousse avec une rapidité merveil-
leuse sous l'action de la température élevée
qu'on entretient dans la serre et des moyens
qui sont pris pour activer la végétation. Ce qu'il
y a de très-remarquable, c'est le peu de temps
qu'il faut pour obtenir de la feuille d'un mû-
rier mis en serre ; huit jours suffisent pour qu'il
soit couvert d'un épais feuillage, et les précau-
tions employées pour cueillir la feuille font qu'elle
se renouvelle assez rapidement.

Lors de la visite de MM. de Lespine et Verdet,
les échantillons soumis aux essais avaient at-
teint les âges ci-après :

   1 ayant coconné,
   3 sortis de la 4ᵉ mue,
  28 aux approches de la 4ᵉ mue,
  30 aux approches de la 3ᵉ mue,
  53 de la 1ʳᵉ à la 2ᵐᵉ mue,
  30 de l'éclosion à la 1ʳᵉ mue,
  46 à l'incubation,
  40 graines de pays pour une étude spéciale.

Chaque essai, ainsi que nous l'avons déjà dit, ne porte que sur cinq cents vers. Il sera bon à l'avenir de s'arranger de manière à ce que toutes les expériences soient complétement terminées du 1er au 10 mars. Avec des éducations aussi précoces, dit M. le marquis de Lespine, le négociant loyal et consciencieux aura des données suffisantes pour se diriger en temps utile sur les contrées où la confection de la bonne graine paraît avoir de bonnes chances de réussite. Il n'hésitera pas à confier sa graine, pour être essayée et reconnue, à des hommes qui, de leur côté, devront lui offrir les garanties qu'on est en droit d'exiger d'un établissement créé dans un but d'utilité publique, fonctionnant d'une manière régulière, au moyen de ressources assurées, et complétement étranger au négoce des graines et à l'esprit de spéculation.

On a déjà commencé à faire les premiers soufrages de la vigne, et c'est maintenant à l'époque de la floraison que l'on devra soufrer d'une manière générale dans presque tous les vignobles. Une hausse considérable s'étant manifestée dernièrement sur le soufre, nous croyons devoir rappeler aux propriétaires que l'on se débarrasse parfaitement de l'oïdium en saupoudrant les ceps avec un mélange de chaux et de soufre. M. Poulhe, maire de Frontignan, a fait l'année dernière tous ses soufrages très-économiquement, avec un mélange composé de quatre parties de chaux et une seule de soufre. Les vignes qu'il a traitées avec ce mélange ont été aussi complétement guéries que si elles avaient été soufrées avec du soufre pur.

M. Isidore Pierre a publié, dans l'*Agriculteur praticien*, une notice très-intéressante sur une nouvelle variété de fèves, originaires de Novaoë (Nouvelle-Icarie). Cette fève, dont la culture commence à se répandre dans le Calvados, mérite d'être propagée. Le savant professeur de chimie de la Faculté de Caen a analysé avec soin les feuilles, les tiges et les graines de cette plante, et il a résumé les précieuses qualités de la fève de Novaoë de la manière suivante :

1° Cette fève est d'un meilleur goût que la fève ordinaire;

2° Elle est très-prolifique;

3° Elle est bisannuelle, du moins dans les climats de la basse Normandie;

4° Elle peut donner quatre récoltes, deux chaque année; deux récoltes à manger en vert et deux récoltes de graines mûres pour semence, une chaque année. La première récolte des plantes qui ont passé l'hiver en terre est en avance d'environ un mois sur la récolte correspondante des fèves de même espèce plantées au printemps;

5° Ses tiges vertes en fleurs, considérées dans leur entier, constitueraient un fourrage comparable aux feuilles de betteraves, mais s'enrichiraient beaucoup par un fanage, même incomplet.

6° Les gousses de fèves vertes, considérées à

l'état frais, se rapprocheraient, par leur richesse en principes azotés, de la vesce coupée en vert;

7° Le pouvoir nutritif de la graine mûre ne le cède à celui d'aucune autre variété de fèves ;

8° Enfin la fève de Novaoë, décortiquée en vert, puis desséchée par le procédé Masson, paraît constituer l'une des conserves alimentaires végétales les plus substantielles que l'on connaisse.

Il est peu de plantes qui aient été accueillies avec autant de faveur que le sorgho. Il paraîtrait, toutefois, d'après M. Isidore Pierre, que, malgré son rendement considérable, cette plante fourragère et industrielle trouvera difficilement sa place dans un assolement. Elle est effectivement très-épuisante, puisqu'elle enlève au sol trois fois autant d'azote et de phosphate qu'une bonne récolte de blé, et lorsqu'elle donne de beaux produits, ce n'est que dans des terres très-fertiles et en exerçant sur le sol un prélèvement d'azote qui correspond à 16 ou 1800 kilogrammes de bon guano.

Nous terminerons cette chronique en recommandant aux personnes qui s'occupent d'agriculture d'enrichir leur bibliothèque de deux ouvrages qu'ils pourront toujours consulter avec fruit. Nous voulons parler du *Bon fermier* de M. Barral, et de l'*Encyclopédie pratique de l'agriculteur*, publiée sous la direction de M. Moll. Ce dernier ouvrage, si nous en jugeons par le seul volume qui ait encore paru, remplira parfaitement le but que s'est proposé le savant professeur d'agriculture du conservatoire des arts et métiers; il

comblera une lacune regrettable dans la littéra-
ture agronomique française, en réunissant dans
les quinze volumes qui paraîtront successivement, et à de courts intervalles, toutes les connaissances théoriques et pratiques qui intéressent directement l'homme des champs. M. Moll,
qui est à la fois un vrai fermier et un savant,
aura rendu un immense service à l'agriculture
s'il mène à bonne fin, comme nous en sommes
certains d'avance, l'œuvre importante dont il a
bien voulu prendre la direction. Qu'il nous suf-
fise, pour faire juger du mérite de cette nouvelle
encyclopédie, de dire à nos lecteurs que les
principaux articles contenus dans le premier
volume sont signés par MM. Moll, Magne, Alli-
bert, de Frarière, Naudin, Millet, Dubreuil, Hou-
zeau, Duchartre, Beaudement, Passy, Hardy,
Péligot, Gayot, Guérin-Méneville, etc. Citer de
pareils noms, n'est-ce pas faire le meilleur éloge
du livre?

17 mai 1859.

ADDITION A LA CHRONIQUE AGRICOLE

Du 17 mai

Soufrage de la vigne, avec un mélange de chaux
et de soufre.

Depuis la publication de notre dernière chronique agricole, nous avons reçu plusieurs lettres de diverses personnes qui nous prient de leur donner des détails plus circonstanciés sur le soufrage de la vigne avec un mélange de chaux et de soufre ; nous sommes heureux de pouvoir satisfaire aux désirs de nos correspondants, en transcrivant ici la lettre que M. le docteur Poulhe, maire de Frontignan, a bien voulu nous adresser :

« J'ai lu, nous écrit M. le docteur Poulhe, l'article que vous avez fait insérer dans le *Messager du Midi* du 17 de ce mois, sur le soufrage des vignes avec un mélange de chaux et de soufre, et où vous me citez comme ayant obtenu d'excellents résultats par l'emploi de ce mélange économique. Ce que vous dites est très-vrai, car mes vignes traitées de la sorte ont été aussi complétement guéries que celles qui n'avaient été soufrées qu'avec du soufre pur ; seulement vous vous êtes légèrement trompé sur les proportions du mélange : je fais mon premier soufrage avec 3 parties de chaux et 1 de soufre, et ce n'est que pour les soufrages ultérieurs que je diminue la dose de soufre dans les proportions que vous avez indiquées, à savoir 4 de chaux et 1 de soufre. Vous pouvez donner l'assurance que mes vignes n'ont pas été autrement traitées depuis trois ans. On a si bien reconnu dans ma commune l'économie de ce mode de soufrage et on en a si bien apprécié l'efficacité, que tous nos propriétaires, petits et grands, s'en servent, les uns, un peu timorés, avec des doses de soufre plus fortes dans leur mélange, mais les autres dans les mêmes proportions que celles précédemment indiquées.

» En 1857, j'ai opéré sur 21 hectares de vignes, et j'ai employé 11 balles de soufre mélangées avec 2 muids et 1|2 de chaux.

» En 1858, sur les mêmes vignes, j'ai employé 8 balles de soufre et 2 muids et 1|2 de chaux.

» Cette année, sur 26 hectares de vignes environ, j'ai employé 1 muid et 1|5 de chaux et 3 balles de soufre pour mon premier soufrage.

» J'ai fait en 1857 trois soufrages à mes vignes, et quelquefois quatre ou cinq sur certains cépages, tels que le plant dur et le muscat. En 1858, je n'ai eu besoin que de deux ou trois soufrages pour guérir complétement mes vignes. J'ai déjà terminé, cette année, mon premier soufrage, et je surveille attentivement mes vignes pour en faire un second dès que la maladie se manifestera de nouveau.

» Le prix du mélange variera dans chaque pays suivant le prix du soufre et de la chaux. Voici à combien il m'est revenu : un muid de chaux rendu à Frontignan coûte 11 fr. La chaux,

4

quand elle est éteinte, fournit pour chaque muid
un volume égal à 12 balles environ, ce qui fait
revenir la balle de chaux à 1 fr. Le soufre sublimé m'a coûté 30 fr. les 100 kilogr.; le prix de
4 balles de mélange sera donc de 33 fr. pour le
premier soufrage; soit, 8 fr. 25 c. la balle.
Pour les soufrages ultérieurs, 5 balles me re-
viennent à 34 fr., soit à 6 fr. 80 c. la balle.

» Les mélanges ci-dessus étant à très-bon
compte, je ne crains pas d'en répandre d'assez
grandes quantités sur mes souches, qui ont été
très-bien guéries, et qui sont aussi belles que
celles des propriétaires qui n'ont employé que
du soufre.

» Je crois devoir vous faire observer que l'on
doit employer de préférence le soufre sublimé,
parce que, sous un même poids, il donne beaucoup plus de volume que le trituré, et qu'une
fois bien mélangé il adhère mieux sur les feuilles des vignes. »

Nous devons ajouter, pour compléter les renseignements que nous donne M. le docteur
Poulhe, que le muid de chaux pèse environ
720 kilogr. On doit, après avoir éteint la chaux,
étendre le tas afin que celle-ci se refroidisse
plus vite. Au bout de quarante-huit heures, la
chaux est prête et il ne s'agit plus que de la ta-
miser avec un tamis à toile métallique, dont les
mailles ne soient pas trop serrées. Nous pensons que les propriétaires feront leur profit des
indications que nous avons cru utile de leur
fournir; ils trouveront une grande économie
dans l'emploi d'un mélange de chaux et de soufre, alors même que, moins hardis que M. le
maire de Frontignan, ils feraient entrer une

plus grande quantité de soufre dans les mélanges qu'ils croiraient devoir adopter. Il nous serait facile de citer les noms de plusieurs propriétaires qui ont également employé avec
succès la chaux et le soufre dans des proportions de deux parties de chaux et une partie de
soufre; nous nous contenterons de dire que
MM. Vivarès, de Frontignan ; Cazalis-Allut et
Anduze, de Montpellier, n'ont eu qu'à se louer
des résultats qu'ils ont obtenus avec ces mélanges économiques.

21 mai 1859.

IV

Les concours régionaux d'agriculture ont maintenant terminé leurs opérations dans toute la France, et l'on peut lire dans les principaux recueils agricoles les comptes rendus de ces importantes solennités. Le *Messager du Midi* a déjà consacré plusieurs articles au concours de Carcassonne, qui intéressait plus particulièrement les agriculteurs de la région du Sud-Est ; nous n'avons donc pas à nous en occuper dans cette Chronique, mais nous devons constater néanmoins que, dans cette circonstance, le département de l'Aude a su prouver aux cultivateurs du Nord, si dédaigneux à notre égard, que notre agriculture n'est pas restée stationnaire, comme ils veulent bien le dire, mais qu'elle est largement entrée dans la voie du progrès.

Nos lecteurs n'ignorent pas que dans les dix concours régionaux qui ont lieu chaque année, le gouvernement délivre des primes d'honneur aux propriétaires ou aux fermiers dont les domaines sont exploités avec le plus d'intelligence et de profit. Ces primes consistent en une somme de 5,000 fr. et en une magnifique coupe en argent d'une valeur de 3,000 fr. L'appât d'une pareille récompense attire chaque année un assez grand nombre de concurrents.

Tous ceux qui aspirent à cette riche prime sont tenus de rédiger un mémoire assez détaillé pour justifier leurs prétentions : ils doivent faire connaître leur système d'exploitation, la nature et l'étendue de leurs cultures, les améliorations qu'ils ont obtenues sur leur domaine, le mode de comptabilité qu'ils ont adopté pour se rendre compte de toutes leurs opérations agricoles. Il nous semble que le gouvernement rendrait un véritable service à l'agriculture s'il réunissait chaque année en un volume tous les mémoires, essentiellement pratiques, des candidats à la prime d'honneur. Les jurys qui sont chargés de visiter les domaines de tous les concurrents pourraient, pour ne pas grossir inutilement le volume, rejeter ceux d'entre ces mémoires qui ne leur paraîtraient pas assez importants pour y figurer. Si l'on donnait suite à notre projet, nous sommes certain que cette excellente mesure aurait pour résultat d'obliger les candidats à apporter plus de soin à la confection de leurs mémoires ; les documents précieux dont se composerait l'ouvrage dont nous souhaitons ardemment la publication fourniraient à tous les agriculteurs de précieux modèles à suivre, et l'agriculture serait ainsi dotée d'un recueil d'observations pratiques du plus haut intérêt.

Dans toutes les fermes, grandes ou petites, dans tous les villages, on élève généralement un assez grand nombre d'oiseaux de basse-cour. Les oies, les canards, les dindons et principalement les poules, fournissent à la consommation des quantités considérables d'aliments. La ville de Paris consomme à elle seule, chaque année, plus d'un million de kilogrammes de viande de volaille et 1,700,000 kilogrammes d'œufs. Si l'on songe, en outre, qu'il s'exporte, chaque année, de France, pour une valeur de 6 à 7 millions d'œufs, on comprendra qu'il peut être de quelque intérêt de s'occuper d'une classe d'animaux qui donne lieu à un commerce aussi étendu.

On ne se rend généralement pas bien compte, dans une ferme, du produit réel qu'on retire de la basse-cour. En laissant aux poules la liberté d'aller chercher leur nourriture où bon leur semble, dans les champs, dans les prés et dans les jardins, on se persuade que ces oiseaux ne coûtent rien à nourrir, tandis qu'en réalité ils occasionnent alors des dommages considérables.

Les personnes qui tiennent leurs poules constamment enfermées dans des locaux convenablement disposés savent au contraire, d'une manière exacte, quel est le revenu net de leur poulailler. Voici, d'après M. H. Beaufort de Lamare, le produit d'une poule, suivant l'espèce de nourriture à laquelle elle est soumise :

Nourriture en blé noir.

Une poule rapporte en moyenne 5 fr. par la ponte de cent œufs, à 5 c. seulement l'œuf, ci,   F. 5 »

Sa nourriture en blé noir, par jour,   ——

            A reporter,   F. 5 »

Report, F. 5 »

est de 45 grammes, qui représentent
environ 26 litres de grain par an ; à
raison de 11 fr. l'hectol. (poids d'un
litre, 643 gr.), la nourriture d'une
poule coûtera donc, en blé noir,   2 86

Reste,   2 14
Il faut ajouter la fiente bien traitée,   1 »

Total,   3 14

Nourriture en maïs.

Produit d'une poule,   5 »
Nourriture : 60 gr. de maïs par jour,
soit, par an, 21 kil. 900 gr., qui représentent environ 28 litr. 1/2 (poids
du litre, 770 gr.), à 11 fr. 50 c. l'hectolitre, ci,   3 25

Reste,   1 75
Fiente,   1 »

Total,   2 75

Nourriture en avoine.

Produit d'un poule,   5 »
Nourriture : 60 gr. d'avoine par
jour, ou 21 kil. 900 gr. par an, qui
représentent environ 44 litres (poids
du litre, 500 gr.), à 9 fr. l'hect., ci,   3 96

Reste,   1 04
Fiente,   1 »

Total,   2 04

Nourriture en blé.

Produit d'une poule,   F. 5 »
Nourriture: 60 gr. par jour, ou 21
kil. 900 gr. par an, qui représentent
environ 29 litres (le litre pèse 750 gr.),
à 20 fr. l'hect., ci,   5 80
_____

Perte,   » 80
Fiente,   1 »
_____

Reste net,   » 20

Les poules ne doivent pas être nourries exclusi-
vement avec du grain; il est bon de leur donner
en supplément, après les rations que nous venons d'indiquer, des plantes vertes hachées.
On peut donner en outre des pâtées de pommes
de terre cuites, bien triturées et bien écrasées,
qu'on mélange avec du son ; dans ce cas la
ration de grain devra être diminuée.

Quand on s'attache principalement au produit des œufs, il faut n'admettre dans sa basse-
cour que les espèces réputées les meilleures
pondeuses, telles que celles de la Flèche, le
coucou de France, les Bantam, les poules de
Bruges, le coucou d'Anvers, la poule du Brésil,
les Brahma-Poutra, les Cochinchinoises, les
Javanaises et les Persanes. Il faut, en outre, re-
nouveler les pondeuses et ne les garder jamais
au delà de cinq ans. On a constaté, en effet, que
la grappe ovarienne de ces gallinacées ne se
compose que de 600 ovules; les poules ne peuvent donc faire dans tout le cours de leur vie
que 600 œufs environ, et voici comment ce
nombre d'œufs est réparti en 9 années :

Première année de la naissance printannière,
alors que la poule porte le nom de pou-
lette,   de 15 à 20
2° année, alors qu'elle porte le
   nom de poule,   de 100 à 120
3° année,   de 120 à 135
4° année,   de 100 à 115
5° année,   de 60 à 80
6° année,   de 50 à 60
7° année,   de 35 à 40
8° année,   de 15 à 20
9° année,   de 1 à 10
                                          ——————
                 Total,   de 496 à 600

Ce tableau prouve clairement qu'on fait une
très-mauvaise opération quand on garde des
poules trop vieilles. Il convient de vendre
toutes celles qui ont plus de cinq ans ; car,
passé cette époque de leur vie, elles ne fournissent plus, en général, assez d'œufs pour payer
leurs frais de nourriture.

Nous n'avons envisagé les poules qu'au point
de vue du revenu qu'elles peuvent donner en
œufs, nous parlerons une autre fois du produit
qu'on peut espérer de l'élève et de l'engraissement des volailles.

Le phosphate de chaux est une substance fort
rare dans le règne minéral et qui, cependant,
est indispensable au bon développement des
herbages. Les fermiers anglais ont constaté que
dans le lait de chaque vache, dans son urine,
dans son fumier, dans la charpente osseuse de
chaque veau élevé et vendu, ils perdaient une

quantité de phosphate de chaux égale à celle qui
se trouve dans 50 kilogrammes d'os. On comprend, dès lors, que l'idée leur soit venue de
restituer au sol ces phosphates en fumant avec
des os. Il faut, pour fumer convenablement un
hectare de prairie, une quantité d'os qui varie
entre 1,500 et 1,900 kilogrammes. Cette excellente fumure fait sentir ses effets pendant sept ou
huit ans. Le prix actuel des os en morceaux est,
en Angleterre, de 175 à 200 f. la tonne de 1,016
kilogrammes. Il convient d'employer, de préférence, des os brisés et non bouillis. Ceux qui
ont bouilli sont moins actifs, parce qu'ils sont
dépouillés de leur gélatine et d'autres principes
utiles.

Un binage vaut un arrosage, dit le pro-
verbe. Voici l'explication qu'en donne M. Joigneaux. On ne bine, dit-il, que lorsque la terre
est plus ou moins salie par de mauvaises herbes. Ces herbes prennent nécessairement dans
le sol l'eau qui leur est indispensable, et cette
prise d'eau est d'autant plus funeste qu'elle est
faite en été. Or, si en ce moment on bine, on
supprime par cela même les plantes parasites,
qui contribuent si fortement à l'assèchement du
sol, et l'humidité qu'elles ne peuvent plus enlever
profite évidemment aux légumes des planches.
En un mot, biner en temps de sécheresse, c'est
empêcher des centaines ou des milliers de plantes mauvaises de boire à la même source que les
bonnes ; c'est réserver dans le sol de l'humidité
qui s'en irait par toutes sortes de racines. Par
conséquent, on a raison de dire que le binage
vaut un arrosage. Celui-ci donne l'eau, le binage

empêche de la prendre : c'est aller au même but
par deux voies différentes.

Il arrive souvent dans le Midi que, grâce
à la chaleur et à la sécheresse de l'été, les blés
versés achèvent de mûrir et donnent encore une
récolte satisfaisante; mais, dans les pays humides
du Nord, il est rare qu'un champ versé ne soit
pas perdu, car les mauvaises herbes se font jour
à travers les tiges de blé couchées, et celles-ci,
privées d'air et de lumière, fermentent et pourrissent. M. Biard, vice-président de la chambre
d'agriculture de l'arrondissement de Château-
dun, indique un moyen très-simple pour prévenir la verse : il suffit pour cela de semer dans
le même champ un mélange de plusieurs variétés de blé, et de choisir de préférence des blés
dont la croissance ne soit pas la même. On comprend que lorsque tous les épis atteignent une
même hauteur, ce qui a lieu ordinairement quand
on ne sème qu'une seule variété de blé, le coup
de vent ne porte que sur un point, et la paille
se casse alors facilement; tandis que, lorsque les
épis ont des hauteurs diverses, l'effet du vent
se répartit sur une plus grande surface, la paille
fléchit alors en courbes différentes et résiste
beaucoup mieux. Les mélanges de divers blés
ont, en outre, l'avantage de donner de meilleures
récoltes en gerbes et en grains que les mêmes
blés semés séparément.

Nous avons décrit, dans notre chronique du
mois de mars, un procédé d'une exécution facile.

pour débarrasser les luzernes des eumolpes (1)
qui les attaquent. Déjà, en 1828, M. Touchy avait
indiqué un excellent moyen pour préserver les
luzernes de cet insecte. Au lieu de faire la première coupe du 15 au 25 avril, on retarde la
fauchaison jusqu'au 5 ou 10 mai. Toutes les
larves sont alors écloses, mais incapables, à
cause de leur jeune âge, d'émigrer vers les
luzernes voisines. Après cette coupe, la luzerne
reste ordinairement quelques jours sans végétation apparente, et il suffit d'un ou deux jours
d'abstinence pour que toutes les jeunes larves
périssent. Ce moyen, qui a été expérimenté
avec succès par plusieurs agriculteurs, peut
être employé sans inconvénients, car le retard
de la première coupe ne retarde guère la seconde que de six à huit jours au plus. Le fourrage de la première récolte trop hâtive qu'on
fait en avril est toujours en petite quantité, et
cette quantité est presque doublée lorsqu'on retarde la fauchaison jusqu'au 5 ou 10 mai.

Un concours central et spécial de machines à moissonner aura lieu près Paris, dans la
seconde quinzaine du mois de juillet.
Les prix et médailles seront répartis de la
manière suivante :
Pour la meilleure machine à moissonner,
coupant et mettant convenablement en javelles
les diverses céréales (froment, seigle, orge,
avoine, etc.).

(1) C'est à tort qu'on a désigné sous le nom d'eumolpe l'insecte qui attaque les luzernes ; le véritable
nom de cet insecte est le *colaspis atra.*

1ᵉʳ prix, 1,000 fr. et une médaille d'or ;
2ᵉ prix, 500 fr. et une médaille d'argent ;
3ᵉ prix, 300 fr. et une médaille de bronze.
Des mentions honorables pourront être décernées.

Il est vivement à désirer que quelque habile mécanicien parvienne à résoudre le problème si important de la coupe des céréales par une machine qui puisse remplacer avec avantage et économie les bras, de jour en jour plus rares et plus chers, des gens de la campagne.

La Société centrale d'agriculture de Belgique a également décidé qu'un concours international de machines à faucher et à moissonner serait organisé sous son patronage au mois de juillet ou août 1859. Une somme de 1,500 à 2,000 fr. a été mise à cet effet à la disposition du jury.

Nous faisons des vœux bien sincères pour que ces deux concours, dont nous entretiendrons plus tard nos lecteurs, atteignent le but qu'ils se proposent : celui de doter le matériel agricole d'une nouvelle machine aussi parfaite dans son genre que les diverses machines à battre qui se trouvent aujourd'hui dans toutes les fermes des agriculteurs intelligents et amis du progrès.

La floraison de la vigne s'est effectuée cette année dans de fâcheuses conditions : les pluies d'orage ont été si fréquentes pendant cette période si importante de la végétation de la vigne, qu'il est à craindre que les récoltes ne soient réduites d'une manière notable par la coulure.

5

Ces pluies ont eu, en outre, le grave inconvénient de contrarier l'opération du soufrage, et de permettre par conséquent à l'oïdium de se propager avec rapidité. Il faut réparer le temps perdu et soufrer maintenant sans relâche: mieux vaut encore s'exposer à perdre l'effet d'un soufrage à la suite d'une pluie que laisser à l'oïdium le temps d'exercer librement ses ravages.

M. Cauvy, professeur adjoint à l'École de pharmacie de Montpellier, nous a communiqué une note très-intéressante sur le soufrage des vignes. Il a reconnu, comme nous, qu'on pouvait parfaitement guérir la maladie de la vigne en économisant de grandes quantités de soufre; il suffit, d'après lui, pour arriver à ce résultat, de mêler très-intimement le soufre en poudre (sublimé ou trituré) avec une poudre inerte dans des proportions variables. M. Cauvy a guéri des ceps plus ou moins envahis par l'oïdium en employant des mélanges dans lesquels le soufre entrait dans des proportions très-variées, depuis 50 jusqu'à 10 pour 100 du poids du mélange. Il est loisible à chacun de mettre plus ou moins de soufre, suivant que la maladie qu'il a à combattre est plus ou moins grave.

M. Cauvy désirerait seulement qu'au lieu de faire les mélanges avec de la chaux on eût recours au plâtre. Il craint qu'une certaine quantité de chaux ne soit entraînée dans la vendange et ne nuise alors à la qualité du vin qui en proviendrait, en neutralisant les acides de ce vin. Nous ne partageons pas les craintes de M. Cauvy, car, en supposant qu'à l'époque de la vendange il restât encore de la chaux sur les raisins, cette chaux serait en si petite quantité qu'elle ne saurait avoir aucun effet préjudiciable. Qu'on emploie le plâtre au lieu de la chaux, peu importe, mais les mélanges avec le plâtre seront toujours moins économiques.

La hausse des grains, qui est survenue peu de temps après le rétablissement de l'échelle mobile, semblerait donner gain de cause aux partisans du système prohibitif; mais le prix des vins n'a-t-il pas également considérablement augmenté depuis cette époque? et pourtant on n'a pas, que je sache, appliqué au commerce des vins la législation de l'échelle mobile.

16 juin 185

V

Pendant les premiers jours de juillet il a régné dans presque toute la France une température si élevée qu'on se croyait réellement transporté au centre de l'Afrique. Si ces chaleurs extraordinaires n'avaient pas exercé une influence fâcheuse sur les produits de la vigne, nous aurions supporté sans nous plaindre cette température anormale, qui baignait notre front de sueur et nous plongeait dans un état d'accablement et de lassitude complets; mais on ne saurait douter, aujourd'hui que les renseignements nous arrivent de tous les côtés, qu'un assez grand nombre de vignobles n'aient cruellement souffert des chaleurs subites et excessives que nous venons d'endurer.

Nous connaissons des propriétaires du canton de Frontignan qui évaluent les dommages que leur a fait éprouver cette température tropicale à un ou deux vingtièmes seulement de la récolte, tandis que d'autres, moins privilégiés, ont perdu près des trois quarts de leurs raisins. Une grêle n'aurait pas eu des effets plus désastreux.

Nous devons constater que la vigne n'a pas eu de chances cette année. Les gelées du printemps, les orages, la coulure, l'oïdium sont venus successivement fondre sur ce malheureux arbuste, qui fait la principale richesse du Midi, et les dommages considérables qu'ont occasionnés ces divers fléaux, dans un grand nombre de localités, portent à croire que les vignerons n'auront pas, en définitive, d'aussi beaux produits que ceux qu'ils s'étaient flattés d'obtenir.

La récolte des foins a été généralement très-abondante cette année et s'est faite dans de bonnes conditions ; mais, comme il arrive souvent, dans les pays du Nord surtout, que la fenaison est contrariée par des pluies presque continuelles, qui ne permettent pas de bien faire sécher les fourrages, nous croyons utile de faire connaître un procédé spécial de dessiccation. Ce procédé, qui est employé depuis longtemps avec succès en Allemagne et en Angleterre, est décrit par M. Gustave Heuzé : on lui donne le nom de *méthode pour obtenir du foin brun*. Voici en quoi consiste ce procédé :

On laisse l'herbe, après qu'elle a été fauchée, deux jours en *andains*, et même plus longtemps encore si le temps reste pluvieux. Quand il survient des alternatives de beau temps, on retourne les andains ou on les fane et on les met

ensuite en *veilloche*. On répète le lendemain
cette opération, si le temps le permet. Quand
l'*herbe est à moitié sèche* ou à *demi fanée*, on la
met en meules de 1,000 à 2,000 kilogrammes,
en ayant soin de presser fortement les lits suc-
cessifs. On abandonne ensuite ces meules à
elles-mêmes.

Cette herbe fermente bientôt; mais, comme
le fanage a fait perdre aux plantes 50 à 60 % de
leur eau de végétation, la fermentation est modérée et ne nuit nullement à la qualité du foin.

Huit à douze jours suffisent pour que le foin
soit très-sec et puisse être rentré en grange. On
reconnaît que la fermentation est terminée lorsque la meule ne développe plus de chaleur.

Le foin que l'on obtient par la méthode que
nous venons de décrire est légèrement brun ;
il a une odeur qui rappelle un peu l'odeur du
miel brun, ce qui n'empêche pas qu'il ne soit
mangé avec avidité par tous les animaux.

Aux expositions d'horticulture de 1858 et
de 1859, on remarquait de magnifiques raisins,
parfaitement conservés à l'aide d'un procédé
très-simple, imaginé par M. Rose Charmeux.
Nos lectrices, si tant est que nous en ayons,
pourront essayer cette année même la méthode
que nous allons leur indiquer; nous leur de-
mandons seulement, en échange de notre recette,
de vouloir bien penser un peu à nous et beaucoup à M. Rose Charmeux toutes les fois qu'elles
serviront sur leurs tables de belles grappes de
raisin dans un état si parfait de conservation
qu'on jurerait qu'elles viennent d'être cueillies
sur la plante.

Coupez les raisins le plus tard possible, et lorsqu'ils sont parfaitement mûrs. Laissez les grappes fixées à un morceau de sarment qui comprenne trois ou quatre nœuds au-dessous du raisin et deux au-dessus. Mettez un peu de cire à greffer au bout supérieur de ce sarment et introduisez l'extrémité inférieure dudit sarment dans une fiole où vous avez mis de l'eau. Vous pouvez ensuite boucher avec de la cire l'orifice de la fiole. Pour que l'eau se conserve sans altération, il suffit d'y ajouter, pour chaque fiole, cinq grammes de charbon de bois pulvérisé. Grâce au charbon, l'eau se maintiendra pure pendant une année entière. Il n'est pas nécessaire de remplir les fioles, l'évaporation n'y faisant baisser le niveau de l'eau que de deux ou trois centimètres dans l'espace de six mois. Les raisins ainsi disposés gardent leur fraîcheur pendant très-longtemps; il suffit de retrancher, de temps en temps, les grains qui pourrissent. La température du fruitier ne doit pas descendre au-dessous de 0. On établit dans son fruitier des rateliers en bois sur lesquels on pose, de 10 en 10 centimètres de distance, des fioles de verre qui coûtent environ 4 fr. 50 le cent.

Les raisins conservés par la méthode Charmeux se maintiennent tels qu'ils étaient au moment de la cueillette ; ils ne mûrissent pas et ne deviennent pas plus sucrés, ainsi que cela arrive à ceux que l'on suspend ou que l'on conserve sur de la paille.

M. Thième indique pour d'autres fruits, tels que les pommes et les poires, un mode assez facile de conservation pendant l'hiver, qui permet de se passer de l'établissement, assez dispendieux, d'un fruitier spécial. Il place les fruits, dès le commencement de l'hiver, dans des caisses ou des tonneaux, en réunissant le plus possible les espèces ou du moins en ne plaçant ensemble que ceux qui mûrissent en même temps ou qui se conservent pendant le même espace de temps. On en sépare les différentes couches et on remplit les vides avec du sable très-fin, qui ne soit ni humide, ni très-sec. On fait cette opération dans l'endroit même où doivent rester les récipients ainsi remplis, parce que leur poids considérable, lorsqu'ils sont pleins, ne permettrait pas de les transporter facilement. Cet endroit doit être à l'abri de la gelée, comme l'est, par exemple, une bonne cave. Quand on veut livrer ces fruits à la consommation, on les lave ou on les brosse pour les débarrasser du sable qui y adhère.

M. Thième résume ainsi les avantages que présente son procédé très-simple de conservation :

1° On n'a pas besoin de perdre de temps à visiter les fruits, car, si quelques-uns viennent à se gâter, ils n'infectent pas les autres, dont le sable les sépare ;

2° Les fruits conservés de cette manière gardent une fraîcheur remarquable ; ils ne se rident à peu près jamais, et leur saveur particulière persiste sans altération pendant plus longtemps qu'avec tout autre procédé connu de conservation ;

3° On peut, par ce moyen, serrer une grande quantité de fruits dans un espace proportionnellement restreint ;

4° Ce procédé de conservation n'entraîne que

des frais insignifiants, le même sable pouvant servir plusieurs années de suite.

M. Barral, directeur du *Journal d'agriculture pratique*, a fait le relevé, d'après les états officiels, de toutes les associations agricoles de la France. Le nombre total de ces associations est de 1,133, savoir :

363 chambres d'agriculture.
137 sociétés d'agriculture.
594 comices agricoles.
34 sociétés d'horticulture.
3 sociétés vétérinaires.
2 congrès ou associations provinciales.

Nous ignorons s'il existe en Angleterre une aussi prodigieuse quantité d'associations, et, pourtant, dans aucun autre pays, l'agriculture n'est autant en honneur et en progrès que dans la Grande-Bretagne. Ce que nous savons très-bien, toutefois, c'est qu'aucune de ces sociétés françaises, pas même la Société impériale d'agriculture, séant à Paris, ne saurait être comparée, pour le nombre de ses membres et pour les ressources dont elle dispose, à la Société royale d'agriculture d'Angleterre.

Les Anglais, avec le bon sens pratique qui les caractérise, ont su fonder leurs diverses associations agricoles sur les bases les plus larges. Au lieu de limiter, comme en France, le nombre de ses membres, la Société royale d'agriculture d'Angleterre, la plus importante de toutes ces associations, admet librement dans son sein toutes les personnes honorables qui s'intéressent de près ou de loin aux progrès de l'agriculture.

Elle fait payer à tous une cotisation annuelle de 25 francs, qui crée ainsi à la Société un revenu considérable, et c'est grâce à ces ressources que, sans recourir, comme en France, à l'intervention du gouvernement, elle peut distribuer chaque année de riches récompenses aux éleveurs de bestiaux, aux constructeurs de machines agricoles, à tous ceux, enfin, qui réalisent quelques progrès dans une branche quelconque de l'agriculture.

Les membres de la Société royale d'agriculture d'Angleterre étaient, en 1858, au nombre de 5,223; le montant de leur cotisation s'élevait alors à la somme de 130,575 fr. On comprend tout le bien que peut faire une société qui dispose de pareilles ressources. La Société royale a d'autres revenus très-importants en dehors des cotisations de ses membres; elle perçoit un droit d'entrée sur les nombreux visiteurs qui accourent de tous les points du royaume pour assister aux grandes expositions d'animaux, de machines et de produits agricoles qu'elle fait annuellement dans les cités les plus populeuses. Le grand concours qui eut lieu à Chester, en 1858, procura à la Société royale une recette de 154,685 fr.

Ce fut seulement en 1838 que fut fondée la Société royale d'agriculture d'Angleterre, et, à la fin de cette année, elle comptait déjà 947 membres. Depuis cette époque, le nombre de ses sociétaires s'est accru dans de grandes proportions, puisque nous avons vu que vingt ans après sa fondation, en 1858, il atteignait le chiffre de 5,223. Il suffit de parcourir la liste de ses membres pour juger de l'intérêt que prennent à l'agriculture toutes les classes de la nation

anglaise. A côté des noms les plus illustres de
l'aristocratie britannique, nous voyons figurer
avec plaisir les noms plus modestes, mais non
moins honorables, d'une foule de petits propriétaires et de nombreux fermiers.

La Société royale d'agriculture publie chaque
année deux livraisons semestrielles d'un excellent journal, qui est envoyé gratuitement à tous
ses membres, et qui ne le cède en rien aux
meilleures publications scientifiques de l'Europe.

Nous aurons plus tard l'occasion de parler de
nouveau de la Société royale d'agriculture d'Angleterre; nous engageons, pour le moment, ceux
de nos lecteurs qui seraient désireux de connaître
avec plus de détails l'organisation et les travaux
de cette remarquable association, à se procurer
l'excellente notice que M. Robiou de la Trehonnais vient de publier sur ce sujet si intéressant, dans sa *Revue agricole de l'Angleterre* (1).

« Il faudrait écrire des volumes entiers, dit
M. de la Trehonnais, pour rendre pleine et entière justice à l'influence salutaire de cette magnifique association, en décrivant dans toute
leur étendue les services qu'elle a rendus à la
cause du progrès..... Le dévouement le plus
désintéressé et le plus zélé aux progrès de l'a-
griculture a présidé à son origine et dirigé sa carrière. Fidèle à sa devise : *Pratique avec science*,
elle a donné à tous ses efforts, à toutes ses expériences, à tous ses encouragements, à tous
ses enseignements, l'autorité du fait, pratique
d'abord, puis la sanction philosophique de la

---

(1) Voir *Revue agricole de l'Angleterre*, par M. F. Robiou de la Trehonnais, 2ᵐᵉ livraison, page 132 et suivantes.

science ; et c'est ce qui a fait sa force et sa vita-
lité. Sa constitution est nationale, s'il en fut,
car elle est modelée sur celle de la nation elle-
même, qu'elle représente dans toute son économie sociale, dans tous ses instincts et toutes
ses traditions. Intimement soudée aux grandes
intitutions du pays, elle participe à leur puis-
sance et à leur solidité, car elle est, comme
elles, assise sur les bases inébranlables de l'o-
pinion publique, et elle n'a d'autre but que le
progrès de l'industrie la plus nationale et la
plus intimement liée à la prospérité de la société tout entière ; et elle rallie autour de sa
bannière les plus hautes influences, les plus
fortes intelligences, la science des savants, le
génie des inventeurs, le bon sens des prati-
ciens, l'attention et l'intérêt des masses, l'admi-
ration et l'estime de tous ; en un mot, tout ce
qui fait la force d'une bonne influence et la puis-
sance d'un grand enseignement. »

Quelle est celle de nos sociétés françaises, de
la capitale ou de la province, qui mérite un pa-
reil éloge ? Chose bizarre ! c'est dans l'aristocra-
tique Angleterre que les associations ont une
forme toute démocratique, tandis qu'en France,
pays de la démocratie, toutes les sociétés sont
composées d'un nombre restreint et limité de
membres qui semblent prendre à tâche de
s'isoler autant que possible de la foule (1). En

---

(1) La Société impériale d'acclimatation a modelé ses
statuts sur ceux de la Société royale d'Angleterre; elle
admet volontiers à la participation de ses travaux tous
ceux qui veulent l'aider par leurs souscriptions : aussi
a-t-elle pris une extension considérable en très-peu de
temps et possède-t-elle déjà de grandes ressources, qui
ui rendent l'accomplissement de sa tâche plus facile.

un mot les sociétés d'agriculture sont en Angleterre de véritables clubs; elles ne sont en
France que de petites académies dont l'accès est
interdit au plus grand nombre, et qui par cela
même ont un cercle d'action des plus bornés.
Nous espérons que la prospérité si remarquable
de la Société royale d'Angleterre fera ouvrir les
yeux aux membres des diverses associations
agricoles de province, et que bientôt toutes les
sociétés se hâteront de faire disparaître de leurs
règlements les articles restrictifs qui ne leur
permettent pas actuellement de profiter des lu-
mières et des capitaux de tous les hommes de
bonne volonté.

Nous terminerons cette chronique, déjà trop
longue, en appelant l'attention de nos lecteurs
sur un discours fort éloquent que S. E. le car-
dinal Donnet a prononcé à la fête de Langon, au
mois de septembre de l'année dernière. Il s'agit
dans ce discours de l'éducation des abeilles. Cet
éminent prélat fait remarquer que, de toutes les
professions exercées par les bras de l'homme,
l'agriculture est le seul travail divinement im-
posé au monarque de la création : *Posuit eum
Deus in paradiso ut operaretur et custodiret
illum*. On n'est pas fâché, quand on est agriculteur, de voir qu'on a ses titres de noblesse in-
scrits sur le premier feuillet des archives de la
grande famille humaine.

16 juillet 1859.

6

VI

Le concours spécial des moissonneuses qui a
eu lieu tout récemment sur le domaine impérial de Fouilleuse a vivement attiré l'attention
de tous les cultivateurs. En présence de la dé-
population des campagnes, que n'ont que trop
constatée les dernières statistiques de la France,
il faut de toute nécessité que l'agriculture s'efforce de suppléer au manque de bras par l'emploi de machines perfectionnées. Les semoirs,
les houes, les faneuses et les rateaux à cheval,
les machines à battre, les hache-pailles, etc.,
se trouvent déjà dans la plupart des fermes
bien dirigées et rendent d'éminents services
à tous ceux qui les emploient; mais jusqu'à présent on ne rencontre des machines à faucher ou
à moissonner que dans un nombre très-restreint
d'exploitations. La fauchaison et la moisson sont
pourtant des opérations agricoles qui exigent
dans un court espace de temps un grand nombre de bras, et qui, si elles ne sont pas faites
rapidement et à propos, peuvent entraîner de

grandes pertes pour l'agriculteur. On ne saurait donc expliquer le peu de faveur qu'ont eu jusqu'à présent les machines à faucher et à moissonner que par l'imperfection des machines actuellement connues ; car, du jour où celles-ci rempliraient toutes les conditions qu'on est en droit d'exiger d'elles, leur introduction dans les fermes ne se ferait pas attendre.

On a dit, avec quelque apparence de raison, qu'il n'y avait rien de nouveau sous le soleil. M. Fournier, dans son excellent ouvrage intitulé *le Vieux Neuf*, a montré qu'une foule d'inventions dites modernes ont une origine très-ancienne. Nous pouvons en dire autant des machines à moissonner, qu'on croit être une invention du XIX° siècle, et dont nos pères, les Gaulois, faisaient déjà usage sous Vespasien. On trouve dans Pline des détails fort intéressants sur la construction et l'emploi de ces machines. N'est-ce pas le cas de nous écrier ici, avec le poète :

Multa renascentur quæ jam cecidere, cadèntque
Quæ nunc sunt in honore...?

Revenons à notre concours de moissonneuses. Les machines qui ont fonctionné sur le terrain étaient au nombre de 25 ; les résultats obtenus ont démontré jusqu'à l'évidence que la perfection et la rapidité du travail avaient été presque atteintes par quelques-unes d'entre elles, mais que toutes exigeaient néanmoins une certaine habileté pratique de la part des ouvriers appelés à les conduire et à les faire fonctionner.

Voici l'ordre dans lequel ces machines ont été primées par le jury :

Machines étrangères. — 1er prix (médaille

d'or et 1,000 fr.) à MM. Burgess et Key, de Londres, pour la machine à moissonner, système Mac-Cormick, perfectionnée par M. Burgess.

Cette machine, à scie et à hélices, coupe 60 ares à l'heure et met les céréales en andains. Il faut pour la servir deux hommes et un cheval Elle fonctionne avec une admirable régularité. Son prix est de 1062 fr. 50 c.

2° prix (500 fr. et médaille d'argent), à M. Cranston, de Londres, pour une machine américaine, coupant 40 ares à l'heure et faisant la javelle, traînée par deux chevaux et conduite par deux hommes. Prix de la machine, 875 fr.

3e prix (300 fr. et médaille de bronze), à M. Roberts, de Paris, pour la machine Manny, perfectionnée, conduite par deux hommes et deux chevaux, moissonnant 40 ares par heure, exigeant un ouvrier pour faire la javelle. Prix de la machine, 800 fr.

Des mentions honorables ont été accordées :

1° A M. Laurent, pour une machine Mac-Cormick, faisant la javelle, conduite par deux hommes et deux chevaux, moissonnant 50 ares par heure, et coûtant 850 fr. ;

2° A MM. Clubb et Smith, pour une machine faisant la javelle, conduite par deux hommes et deux chevaux, moissonnant 50 ares par heure et coûtant 570 fr.

Machines françaises. — 1er prix (1,000 fr. et médaille d'or), à M. Mazier, de l'Aigle (Orne), pour une machine à scie, faisant la javelle, conduite par un homme et un cheval, moissonnant 33 ares par heure et coûtant 1,050 fr. Cette machine, fort simple et solide, a parfaitement fonctionné.

2° prix (500 fr. et médaille d'argent), à M. Lallier, de Venizel (Aisne), pour une machine à scie conduite par deux hommes et deux chevaux, moissonnant de 50 à 60 ares par heure, et coûtant 700 fr.

3° prix (300 fr. et médaille de bronze), à M. Legendre, de St-Jean-d'Angély, pour une machine à scie, très-solide et très-simple, coupant 33 ares par heure et coûtant 350 fr.

Une mention honorable a été accordée à M. Courbier, de Saint-Romans (Isère), pour une machine à cisaille, faisant la javelle, conduite par une femme et un cheval, et coûtant 750 fr.

Le prix d'honneur, auquel concouraient toutes les machines, a été adjugé à la maison Burgess et Key.

M. Grandvoinnet, en rendant compte du concours des moissonneuses dans le *Journal d'agriculture progressive*, fait remarquer que les machines moissonneuses présentent deux parties bien distinctes : 1° l'appareil coupeur, et 2° l'appareil javeleur. Or il ne peut être nié que *l'appareil coupeur*, les scies actuelles, sont imitées, pour ne pas dire copiées, sur la scie de Mac-Cormick, et que plusieurs machines n'ont pas d'autre appareil javeleur que le *râteau à main* de Mac-Cormick ; et cependant, ajoute M. Grandvoinnet, le nom de *l'inventeur réel* des moissonneuses actuelles aura été à peine prononcé dans le concours qui vient d'avoir lieu. Balzac a donc eu raison de dire : « *Inventer, en toute chose, c'est vouloir mourir à petit feu ; copier, c'est vivre.* »

Nous croyons que les agriculteurs sérieusement amis du progrès ne doivent plus hésiter à

*

faire l'achat d'une bonne machine à moissonner.
Si quelques-unes des machines qui ont été primées
leur paraissent d'un prix trop élevé pour l'importance de leurs exploitations, ils trouveront
dans celle de M. Legendre, qui ne coûte que
350 fr., un instrument qui fonctionne admirablement bien et qui est construit avec une telle
simplicité qu'il n'est pas un mauvais maréchal
ferrant ou un charron quelconque de village
qui ne soit capable de la réparer, dans le cas où
elle viendrait à se déranger. C'est là, selon
nous, un avantage incontestable, dont doivent se
préoccuper avant tout les constructeurs de machines agricoles ; car, s'il est facile de trouver
dans les villes des ouvriers capables de con-
struire, sur de bons modèles, les diverses pièces
les plus compliquées des machines anglaises, il
est loin d'en être de même dans les villages ou
les hameaux qui se trouvent à proximité des
fermes. Solidité et simplicité, voilà deux conditions essentielles pour toute machine agricole.

Nous avons dit qu'il existait déjà des machines à moissonner du temps de Vespasien, et
que ce n'est guère pourtant qu'au XIX° siècle,
après être restées près de dix-huit siècles dans
l'oubli, que ces machines ont reparu dans le
matériel agricole, pour y prendre définitive-
ment, nous l'espérons du moins, la place qui
leur est légitimement due. Comment s'étonner,
après cet exemple, que les charrues doubles et
triples soient encore si peu usitées dans les
fermes, malgré les avantages évidents qu'elles
présentent sur les charrues simples ? Il a été

bien constaté, par des essais faits avec le plus grand soin, en Angleterre, qu'un *bisoc* laboure aussi bien, dans un temps moindre, une même surface que deux charrues attelées chacune de deux chevaux, dans des circonstances identiques. M. Tweed estime à 6 fr. 25 l'économie que procure un bisoc chaque jour de son emploi.

L'économie de chevaux, de laboureurs et de temps résultant de l'emploi du bisoc ou du trisoc est si évidente, dit M. Grandvoinnet, qu'il peut être posé en principe que, partout où le sol n'est pas exceptionnellement difficile à labourer, les déchaumages et les labours superficiels doivent être faits par des trisocs, et les labours ordinaires par des bisocs ; la charrue simple, ou *monosoc*, n'étant conservée que là où la terre est très-difficile à cultiver et exige de trois à quatre chevaux pour atteindre la profondeur moyenne, et dans les terres peu compactes, pour les labours profonds, exigeant de trois à quatre chevaux.

Il est facile de s'expliquer l'économie de chevaux qu'on obtient par l'emploi des charrues polysocs ; car si un bisoc, par exemple, pèse moins que deux charrues simples, il pèse pourtant plus qu'une seule de ces charrues et n'éprouve pas, par conséquent, à la suite des résistances que lui oppose la terre, des oscillations aussi brusques que celles que ressent une charrue simple : il en résulte que la traction est plus régulière et que le laboureur qui conduit un polysoc n'a que très-rarement à agir sur les mancherons. L'expérience a prouvé que *trois chevaux attelés à un bisoc font l'effet de quatre chevaux sur deux charrues simples d'une même dimension.*

En supposant qu'un bisoc ne fît pas plus de travail que deux charues simples et n'exigeât pas moins de forces pour faire le même travail que ces deux charrues, on obtiendrait toujours, par l'emploi de cet instrument, une économie d'hommes de 50 %; cette économie serait plus grande encore si l'on faisait usage de charrues trisocs ou polysocs.

Le peu de cas qu'on a fait jusqu'à présent des charrues polysocs provient, selon nous, de la mauvaise confection des instruments de cette nature. Il faut, en effet, que de semblables charrues soient construites solidement et légèrement. La fabrique de Grignon a résolu ce problème en faisant des charrues tout en fer, et si les instruments qu'elle est à même de livrer aujourd'hui ne sont pas encore parfaits, ils peuvent néanmoins faire un excellent usage. Le trisoc de Grignon (du n° 1) pèse 127 kilog. et coûte 140 fr.; il peut être traîné par deux ou trois chevaux et convient très-bien pour les déchaumages.

Le bisoc (du n° 1) pèse 120 kilog. et coûte 125 fr.

Le bisoc (du n° 2) pèse 175 kilog. et coûte 175 fr.; il peut être employé très-utilement pour les deuxièmes façons et pour les déchaumages énergiques.

En appelant l'attention de nos lecteurs sur les charrues polysocs, nous serions heureux de contribuer à en propager l'emploi, car il n'est pas de petite économie en agriculture, et, en diminuant le prix de revient des labours, on arriverait ainsi à pouvoir produire les blés à meilleur marché.

Nous avons lu avec le plus grand intérêt, dans le Bulletin des séances de la Société impériale et centrale d'agriculture, un rapport de M. Delafond sur la cachexie aqueuse des bêtes à laine. M. Vallada, professeur à Turin, s'est livré à de consciencieuses études sur la nature et sur le traitement de cette maladie si grave et si meurtrière, connue sous le nom de *pourriture*, de *cachexie aqueuse* ou d'*hydrohémie*, et il attribue cette maladie à une *asthénie gastrique*, ou, pour parler un langage moins scientifique, à un état de faiblesse de l'estomac. M. Vallada, partant de cette idée théorique, a donc cherché à donner du ton à l'estomac ainsi qu'à tous les autres organes concourant à la digestion, afin de rétablir et faciliter les importantes fonctions dont ils sont chargés. Les médicaments qui lui ont paru susceptibles de remplir ces indications sont l'assa fœtida et la bulbe de l'ail cultivé (*allium sativum*). Nous allons extraire du rapport de M. Delafond le résultat des expériences faites par M. Vallada à l'école vétérinaire de Turin, en exprimant le désir que ces expériences soient continuées par nos médecins vétérinaires. La cachexie aqueuse est malheureusement assez fréquente dans nos pays pour que les hommes de l'art soient intéressés à être bien fixés sur la valeur du traitement curatif proposé par le savant professeur de Turin.

Ces expériences ont eu lieu, savoir :

1° Sur 2 bêtes à laine, affectées de la pourriture au troisième degré, achetées par M. Vallada, et traitées à l'école vétérinaire de Turin;

2° Sur 17 moutons acquis en 1858, et traités dans les infirmeries de l'école,

3° Et sur 30 brebis achetées en 1858, au prix de 2 fr. 50 c. par tête, par M. Bergamo, vétérinaire à Chimerano, province d'Ivrée, et traitées par lui.

Total : 49 animaux qui furent soumis, savoir, 47 à l'administration intérieure de l'assa fœtida, et 2 à celle de la bulbe de l'ail cultivé. Ces 49 bêtes étaient évidemment affectées de la pourriture à un degré très-avancé.

Les 49 bêtes conduites à l'école vétérinaire avaient été choisies parmi les animaux les plus malades; elles furent logées dans les infirmeries, où elles ne reçurent aucuns soins hygiéniques particuliers, et ne furent soumises à aucun régime alimentaire spécial, plus nutritif ou mieux choisi.

Pendant le cours du traitement, 7 d'entre elles ont été atteintes d'un piétain communiqué, qui fut traité et guéri.

17 de ces animaux reçurent, par jour, de 6 à 12 grammes d'assa fœtida en bols. Sur une bête, la dose fut portée jusqu'à 30 grammes, à titre d'expérience, et sans occasionner le moindre inconvénient.

2 furent traitées par l'ail cultivé et écrasé, à la dose journalière de 10 grammes et plus, donné également sous la forme de bols.

2 très-malades périrent, l'un avant l'administration de l'assa fœtida, l'autre pendant le traitement.

Parmi les 17 bêtes traitées par l'assa fœtida à l'école vétérinaire :

Une première est morte avant le traitement;

Une deuxième est morte après avoir éprouvé une amélioration générale, et présenta, à l'autopsie, un grand nombre de vers dans le foie, les bronches et les intestins;

Une troisième et *une quatrième*, dont la santé se rétablissait promptement, furent sacrifiées dans le but d'analyser le sang et de constater l'état des organes intérieurs.

L'analyse du sang d'une de ces deux bêtes démontra que ce liquide était devenu moins aqueux et possédait plus de principes organiques fixes.

L'autopsie apprit que les chairs avaient déjà repris leur coloration et leur fermeté naturelles; qu'il n'existait plus aucun épanchement séreux ni dans les cavités splanchniques, ni dans le tissu cellulaire; enfin que de toutes les lésions propres à la pourriture, il ne restait plus d'apparentes que celles qu'occasionnait la présence des parasites du foie, des bronches et des intestins. Dans l'une de ces deux bêtes, ces vers étaient beaucoup moins nombreux que dans l'autre.

Les 13 brebis restantes furent guéries en 18 à 25 jours.

Une d'elles a mis bas et élevé un très-bel agneau, sans en avoir souffert.

6 furent conservées en observation pendant neuf mois, dans les infirmeries de l'école de Turin, sans recevoir *aucuns soins particuliers;* elles ont été accouplées avec un bélier indigène, puis vendues à un berger nomade et perdues de vue.

Les autres sont aujourd'hui en observation. M. Vallada se propose de les conserver longtemps, puis de les sacrifier, afin de s'assurer si les helminthes du foie, des bronches et des intestins auront disparu avec le retour complet de la santé et si la guérison a été radicale.

Les 30 moutons affectés de pourriture, ache-
tés par le vétérinaire Bergamo à raison de 2 fr.
50 c. par tête et traités par l'assa fœtida, ont
éprouvé une amélioration tellement notable en
l'espace de vingt jours, qu'ils ont été revendus
18 fr. par tête.

Des deux moutons traités par l'administration de la bulbe de l'ail cultivé, l'un, cachec-
tique au dernier degré et ayant une grande
quantité de larves d'œstres dans les tissus
frontaux, mourut; l'autre fut guéri et est encore en observation.

Les 43 guérisons obtenues par MM. Vallada et
Bergamo sont de nature à attirer sérieusement
l'attention des médecins vétérinaires. Si les expériences auxquelles ils se livreront viennent
confirmer les bons effets de l'administration de
l'assa fœtida dans le traitement de la cachexie
aqueuse, M. Vallada aura droit à la reconnaissance de tous les éleveurs de bêtes à laine,
car on ne connaît pas jusqu'à présent un seul
remède vraiment efficace contre cette cruelle
maladie.

15 août 1859.

VII

Le *Moniteur des Comices*, du 6 août, contient un article sur un espacement des ceps de vigne. Cet article, qui a pour auteur M. Arnault, propriétaire agriculteur à Valmont-les-Combes (Tarn), nous a paru susceptible de quelques critiques, que nous allons soumettre à nos lecteurs. M. Arnault pense que la routine seule a dirigé les agriculteurs dans le mode de plantation qu'ils ont adopté : tandis qu'en Bourgogne, en Beaujolais et dans les cinq ou six départements du Centre, l'hectare contient environ 25,000 ceps, espacés de 60 à 70 centimètres, on en compte 9,000 seulement dans une partie du Beaujolais; dans le Tarn, où sont les propriétés de M. Arnault, les rangées sont à 2 mètres, et chaque cep de vigne est à 90 centimètres, ce qui ne donne que 5,200 ceps à l'hectare. Il y a même quelques propriétaires qui donnent aux ceps un espacement plus considérable, en plantant à 2 mètres en tous sens, et qui, par conséquent, ne mettent que 2,500 ceps à l'hectare. Après avoir cité ces divers modes de plantations, M. Arnault ajoute : « Dans les lieux où l'on met 25,000 ceps à l'hectare, on obtient ordinairement cent hectolitres. Dans le Tarn, l'hectare ne donne pas en moyenne plus de 30 hectolitres. Les vignes du Midi ne sont pas d'ailleurs d'un produit soutenu. Elles sont en rapport de 8 à 25 ans, et donnent dans ce laps de temps 50 hectolitres; mais, pendant les trente années suivantes, on ne peut compter que sur 25 ou 30 hectolitres, et ensuite elles diminuent rapidement, malgré l'éloignement des souches; et encore, ajoute M. Arnault, ce que je viens de dire ne s'applique-t-il qu'aux terres de première qualité ; les vignes plantées dans des terrains légers sont épuisées à trente ans. »

M. Arnault est dans une grande erreur lorsqu'il croit que le rendement des vignes est pour ainsi dire proportionné à la plus ou moins grande quantité de ceps qu'on fait entrer dans un espace donné. En Bourgogne, toutes les vignes sont plantées de la même manière, et si les unes font 100 hectolitres par hectare, il en est d'autres qui n'en font guère plus de 20. C'est donc évidemment à la qualité des cépages et surtout à la fertilité du sol qu'il faut attribuer le plus ou moins de produits des vignes.

M. Cazalis-Allut a étudié cette importante question de l'espacement des ceps, et il l'a résolue en partie, d'une tout autre manière que M. Arnault. Nous allons citer quelques passages du Mémoire que M. Cazalis-Allut a publié sur les plantations de vignes dans le département de l'Hérault (1)

(1) Ce mémoire a été publié, en 1846, dans le *Bulletin de la Société centrale d'agriculture de l'Hérault*.

«On plante, dit cet auteur, dans la Côte-d'Or, à 50 centimètres de distance en tous sens; dans la Gironde, à un mètre; dans l'Hérault et les départements voisins, le plus souvent à un mètre cinquante centimètres. Ce n'est pas le hasard qui a présidé à ces usages, c'est le résultat d'une longue expérience qui les a établis. Comme on le voit, l'espacement devient plus considérable à mesure que l'on s'approche du Midi. Qu'arriverait-il si l'on plantait en Bourgogne à la même distance que dans le Midi? Les plants, plus espacés, acquerraient une vigueur telle qu'ils produiraient des raisins plus gros, plus aqueux, à pellicule peu consistante, et qui pourriraient le plus souvent avant leur maturité. Dans le Midi, au contraire, si nous plantions aussi serré qu'en Bourgogne, le manque d'humidité dessécherait nos ceps, les grains de raisin resteraient petits, se désorganiseraient, en quelque sorte, par une souffrance trop prolongée, et ne produiraient enfin qu'un vin plat, comme cela arrive encore quelquefois, malgré l'espacement des ceps, dans certaines terres fortes trop exposées à la sécheresse.

»A Marseillan, et dans d'autres communes de notre département, on plantait jadis à un mètre de distance en tous sens. Les vignes ainsi plantées donnaient d'abondantes récoltes dans les années pluvieuses, mais dans les années de sécheresse les récoltes étaient plus que médiocres. Or, comme les années sèches sont bien plus fréquentes dans nos pays que les années humides, on a jugé qu'il était plus convenable de planter moins serré, et on est arrivé, par gradation, à adopter l'espacement d'environ 1 mètre 50 cent., et même, dans quelques lo-

— 80 —

calités, celui de 1 mètre 75 cent. Le terme le plus élevé convient aux terres fertiles et sèches ; le plus bas aux terres fertiles qui ne craignent pas la sécheresse. L'espacement des ceps pouvant influer sur la quantité et la qualité des produits, on ne doit prendre à cet égard une détermination qu'après y avoir mûrement réfléchi. »

Après avoir cité quelques exemples pour montrer combien l'espacement des ceps peut influer sur la qualité et la quantité des produits, M. Cazalis-Allut ajoute :

« Les remarques qui précèdent feront, sans doute, sentir la nécessité de rechercher, quant à l'espacement, un juste milieu si nécessaire en toute chose. Les usages établis dans chaque localité, modifiés par une juste appréciation du sol, sont les meilleurs guides à suivre.

» Comme les usages sont le fruit de l'expérience (et non de la routine, comme le pense M. Arnault), il y a de l'imprudence à s'en écarter avant que des expériences comparatives nous aient démontré que l'on peut faire mieux.

» Au congrès de Dijon, qui eut lieu en 1846, plusieurs propriétaires de la Côte-d'Or paraissaient disposés à planter moins serré à l'avenir. M. Cazalis-Allut fut appelé à donner son avis sur cette question de l'espacement des ceps : il déclara aux propriétaires qui voulaient modifier leur système de plantation que probablement, en laissant un plus grand intervalle entre les ceps, ils n'obtiendraient pas de plus belles récoltes et qu'ils risqueraient d'altérer la qualité de leurs vins, car les raisins mûriraient alors plus tard et seraient exposés à la pourriture. Cette opinion fut partagée par

M. le comte Odart, ce vénérable Nestor de la viticulture.

On trouvera peut-être que nous nous sommes un peu trop étendu sur cette question de l'espacement des ceps, mais il n'est guère en viticulture de questions plus importantes que celle que nous venons d'aborder, et nous désirons vivement qu'elle soit traitée avec tous les détails qu'elle comporte dans le nouvel ouvrage que M. Gustave Heuzé compte publier prochainement et qui aura pour titre: *Arbres et arbustes de grande culture*. Un mot encore : si M. Arnault avait aussi bien connu les vignobles de l'Hérault que ceux du Tarn, il aurait pu voir dans les riches plaines de Bessan, de Lunel et de Béziers, un grand nombre de vignes qui sont plantées très-larges et qui n'en donnent pas moins, dans les bonnes années, de 200 à 300 hectolitres de vin par hectare.

Tous les agriculteurs savent parfaitement que, lorsque les bœufs ou les chevaux mangent des grains, de l'avoine par exemple, ils ne les digèrent pas complétement. Une quantité assez notable de grains se retrouve dans les matières fécales de ces animaux, et ces grains n'ont subi aucune altération, puisqu'ils n'ont pas même perdu leur faculté germinative. Pour parer à cet inconvénient, on a essayé de ne donner l'avoine aux chevaux qu'après l'avoir concassée ; mais ce moyen a été insuffisant, car les chevaux n'ayant pas alors à broyer ce grain entre leurs dents, pour le diviser, l'avalent gloutonnement sans l'imprégner de salive, et la digestion en est incomplète.

Au lieu de concasser l'avoine, on la comprime maintenant entre deux cylindres. L'avoine, après cette opération, conserve sa forme première, le grain est seulement aplati. Le cheval est alors obligé de la mastiquer avant de l'avaler, et pendant la mastication le grain s'imprègne suffisamment de salive pour que la digestion en devienne facile.

Un loueur de voitures de Londres, M. Etherington, a fait des expériences comparatives très-concluantes pour s'assurer des avantages que pouvait offrir l'avoine comprimée sur l'avoine qui n'a subi aucune opération préalable. Les chevaux qui ne mangeaient que 6 kilogr. 804 grammes d'avoine comprimée montrèrent plus de vigueur que ceux qui recevaient une ration de 8 kilogr. 164 grammes d'avoine en grain. M. Etherington a, dès lors, adopté pour tous ses chevaux le régime avec l'avoine comprimée, et il évalue l'économie qui résulte de cette nouvelle méthode à 50 centimes par jour et par cheval.

Tous les journaux ont parlé avec éloges de la poudre désinfectante de MM. Corne et Demeaux. Nous n'avons pas à nous occuper ici des services immenses qu'elle a déjà rendus et qu'elle rendra encore à la chirurgie pour le traitement des plaies gangréneuses; mais nous devons appeler l'attention de nos lecteurs sur le rôle important que cette poudre désinfectante est appelée à jouer en agriculture.

Personne n'ignore que, de tous les engrais, l'engrais humain est, sans contredit, celui qui a le plus d'énergie, et c'est pourtant celui que l'on recueille avec le moins de soins. Il est reconnu, dit M. Louis Hervé (1), que l'engrais humain, perdu pour la culture, pourrait, en France, fertiliser plus de 6 millions d'hectares. Évaluée en blé, cette masse d'engrais représente 60 millions d'hectolitres, c'est-à-dire le pain des deux tiers de la population.

L'odeur infecte des matières fécales de l'espèce humaine est la principale cause de l'abandon presque général d'un engrais si précieux. Les Chinois sont à cet égard moins délicats que les Français : les jardiniers du Céleste Empire échangent volontiers leurs légumes et leurs fruits contre ces matières non désinfectées. La poudre de M. Corne, qui est composée de plâtre et de goudron de houille, permettra, désormais, nous l'espérons du moins, de recueillir sans dégoût l'engrais humain. Dans une des séances de la Société industrielle de Paris, M. Corne a désinfecté en quelques minutes le contenu d'un vase aussi infect que possible. Les deux cents personnes qui assistaient à cette séance ont pu continuer leurs travaux bien que le vase soit resté constamment ouvert sur le bureau, et le succès de M. Corne a été tel que la Société crut devoir lui décerner par acclamation une médaille d'honneur.

Quelques expériences décisives et sur une échelle suffisante ont démontré, dit M. Hervé, d'une manière irrécusable, que le procédé de M. Corne réunit les avantages suivants :

(1) Voyez l'article de cet auteur sur l'engrais humain, inséré dans le journal *la Culture*, numéro du 1er août 1859.

1° Désinfection instantanée;

2° Solidification immédiate et arrivant à une dessication complète, en un jour ou deux, suivant la température;

3° Engrais puissant, obtenu moyennant un faible prix de revient.

On voit de suite les conséquences incalculables de cette invention :

Dans les villes, suppression d'un foyer permanent d'infection, suppression des vidanges, des dépotoirs, de tous les services onéreux et répugnants qui s'y rattachent.

Pour les campagnes, application facile et économique d'une masse énorme d'engrais de premier ordre, dont la presque totalité est perdue aujourd'hui.

Les journalistes anglais qui prédisaient la destruction de Londres par la peste peuvent se tranquilliser aujourd'hui, puisque grâce à M. Corne, la Tamise ne sera plus obligée de charrier les déjections infectes qui avaient souillé la pureté de ses eaux. Des deux fléaux qu'ils redoutaient pour leur capitale, la peste et les Français, en voilà un, le premier, dont ils peuvent triompher facilement. Trouveront-ils une autre poudre pour se débarrasser aussi facilement des Français? Je crains bien que celle dont doit être chargé le fameux canon de M. Armstrong ne soit tout à fait insuffisante; aussi leur conseillons-nous, au lieu de fabriquer de nouveaux canons de cette espèce, de s'appliquer à modifier leurs lois restrictives contre l'entrée de nos vins. Nous y gagnerons les uns et les autres, et rien n'est plus favorable à la paix que la solidarité des intérêts.

Nous ne saurions terminer cette chronique sans parler des nominations qui ont été faites dans la Légion d'honneur, à l'occasion de la fête du 15 août, de celles du moins qui avaient pour but de récompenser des services agricoles. De tous les gouvernements qui se sont succédé en France, celui de l'Empereur est, sans contredit, celui qui s'est le plus préoccupé des besoins de l'agriculture, et qui a le plus fait pour favoriser son essor; mais jusqu'à présent il n'avait guère accordé que de loin en loin quelques rares décorations, à un nombre très-restreint de cultivateurs. Cette année-ci, quatorze croix de chevalier ont été décernées à des agriculteurs. Nous avons appris, avec une vive satisfaction, les nominations dans l'ordre de la Légion d'honneur de M. Portal, de Moux, l'agriculteur le plus modeste et le plus distingué du département de l'Aude; de M. Sabatier, d'Espeyran, l'éleveur le plus habile du Midi, et de M. Hippolyte Aymes, de Montpellier, qui a su créer en Afrique, au milieu de mille obstacles, un domaine d'une grande importance, où il cultive près de cent hectares en tabac et une étendue au moins aussi considérable en céréales de toute espèce.

Tous les agriculteurs apprendront avec plaisir ces nominations, qui prouvent toute la sollicitude du gouvernement impérial pour les intérêts agricoles.

16 septembre 1859.

VIII

M. le ministre de l'agriculture, du commerce
et des travaux publics a adressé, le 10 septembre, une circulaire à tous les préfets et aux pré-
sidents des Sociétés d'agriculture et des Comices, pour les prévenir que l'Empereur venait
de décider qu'une exposition nationale d'animaux reproducteurs, d'instruments et de produits agricoles, aurait lieu à Paris en 1860.

La capitale n'avait pas eu, depuis 1857, de
concours agricoles, et c'est avec une bien vive satisfaction que tous les agriculteurs ont accueilli
l'annonce de cette prochaine exposition. Quoique la date de cette grande solennité agricole
n'ait pas été précisée, nous avons tout lieu de
croire qu'elle sera fixée à la fin de mai ou au
commencement de juin, lorsque tous les concours régionaux de province auront terminé
leurs opérations.

Il serait à désirer que, pour donner plus
d'éclat à l'Exposition, l'administration pût obtenir des compagnies de chemins de fer le trans-

port gratuit des animaux, des machines et des
produits qui auraient mérité des prix ou des
mentions honorables dans les divers concours
régionaux. Nous espérons, en outre, que l'on
facilitera à tous les exposants le transport de
leurs produits, en diminuant pour eux les tarifs habituels, et que de nombreux trains de
plaisir, à des prix très-réduits, permettront
aux agriculteurs de venir juger par eux-mêmes,
à Paris, des progrès immenses que l'agriculture
a réalisés dans ces dernières années.

Tous les agriculteurs qui possèdent un domaine de quelque importance ont habituellement un verger auquel ils donnent des soins
plus ou moins bien entendus, et qui leur fournit
suffisamment de fruits pour leur consommation
et pour celle de leur famille. Malheureusement
le choix des arbres fruitiers qui composent ces
vergers n'est pas toujours fait avec intelligence ;
il en résulte qu'on cultive souvent, sans bons
résultats, un grand nombre de variétés qui ne
se recommandent par aucune des qualités essentielles qu'on doit rechercher dans tous les arbres
fruitiers.

M. P. de M. a inséré dans le numéro du mois
d'août du journal agricole le *Sud-Est* un très-
bon article intitulé : *Quarante poires*, où il donne
la liste de quarante variétés qu'il a jugées les
plus dignes d'être cultivées. Nous allons faire
connaître à nos lecteurs cette intéressante liste,
après leur avoir indiqué comment M. P. de M. a

arrêté son choix sur les quarante poires dont
nous donnons ci-après les noms.

« Dans un classement bien entendu, dit
M. P. de M., toutes les qualités du fruit doivent
être prises en considération, mais à des titres
divers.

Les voici, je crois, classées d'après leur importance relative :

 Bonté,

 Fertilité,

 Bonne et longue garde,

 Grosseur et beauté,

 Arbre plus ou moins vigoureux.

Évidemment, la bonté intrinsèque d'un fruit
doit passer en première ligne, puisque c'est une
condition *sine quâ non* d'admission.

La fertilité tient le second rang : que m'importe, en effet, qu'un fruit soit très-gros et de
longue garde, si j'en suis habituellement privé
par l'infertilité de l'arbre?

La longue garde doit être préférée à la grosseur : à bonté égale, il est plus avantageux de
jouir d'un fruit pendant un mois, par exemple,
que d'en posséder un plus beau qui passera
en huit jours. Enfin vient la grosseur.

J'ai placé en dernière ligne le plus ou moins
de vigueur de l'arbre, parce qu'avec nos moyens
de culture, une taille intelligente et le choix judicieux des sujets qui doivent recevoir la greffe,
nous pouvons en partie remédier à ces défauts. »

C'est en tenant compte de toutes ces qualités,
d'après leur valeur relative, que M. P. de M.
a dressé une liste de quarante fruits qui peuvent tenir lieu de tous les autres. Il a divisé,
en outre, ses quarante variétés en quatre séries
égales de dix, en mettant dans chaque dizaine

dès fruits de toutes saisons. La première dizaine contient les meilleures variétés; la seconde est préférable à la troisième, et la troisième à la dernière. Voici les noms dès quarante variétés de poires que M. P. de M. déclare les plus parfaites de toutes celles qu'il a eu occasion de cultiver.

Première dizaine :

1. Beurré Giffard : juillet.
2. Bon-chrétien Williams (Bartlett de Boston): fin août, commencement de septembre.
3. Louise, bonne d'Avranches: septembre.
4. Duchesse-d'Angoulême : octobre, novembre.
5. Beurré Clairgeau : novembre, décembre.
6. Beurré Diel (beurré incomparable): novembre, décembre.
7. Beurré d'Hardempont (beurré d'Aremberg en France): décembre, janvier.
8. Passe-Colmar : décembre, janvier.
9. Doyenné d'hiver (bergamote de la Pentecôte) : janvier, avril.
10. Bergamote Esperen : hiver jusqu'en mai.

Deuxième dizaine.

1. Epargne (beau présent): juillet.
2. Beurré Goubault: août.
3. Bonne d'Ezée: septembre.
4. Seigneur (bergamote lucrative, bergamote fiévée) : septembre, octobre.
5. Colmar d'Aremberg : octobre, novembre.
6. Van-Mons, Léon-Leclerc : novembre.
7. Triomphe-de-Jodoigne : novembre, décembre.
8. Bonne de Malines (Colmar Nélis): décembre, janvier.

9. Doyenné d'Alençon : janvier, février.
10. Bergamote fortunée : jusqu'en mai.

Troisième dizaine.

1. Duchesse-de-Berry d'été : août.
2. Beurré d'Amanlis : septembre.
3. Frédéric-de-Wurtemberg : septembre, octobre.
4. Beurré d'Apremont (beurré Bosc) : octobre.
5. Saint-Michel-Archange : octobre.
6. Délices-de-Louvenjoul : octobre, novembre.
7. Epine-du-Mas (duc-de-Bordeaux) : octobre, novembre.
8. Nec-plus-Meuris (beurré d'Anjou) : novembre.
9. Joséphine-de-Malines : décembre, janvier.
10. Bon-chrétien de Rans (beurré de Noirchain) : février, mars.

Quatrième dizaine.

1. Doyenné de juillet : juillet.
2. Jalousie de Fontenay : septembre.
3. Saint-Nicolas : septembre.
4. Beurré Hardy : septembre, octobre.
5. Fondante des bois (beurré Davy) : octobre.
6. Bon-chrétien Napoléon (beurré Napoléon) : octobre, novembre.
7. Beurré de Luçon (beurré gris d'hiver) : décembre, janvier.
8. Beurré Millet : décembre, janvier.
9. (A cuire) Martin-Sec : décembre, janvier.
10. (Id.) Catillac : février, mars.

Nos lecteurs seront surpris de ne pas voir figurer sur les listes de M. P. de M. des variétés de poires très-recommandables, telles, par exemple, que le beurré gris, la crassane, le St-Germain, le doyenné gris, le doyenné blanc, la royale, le bon-chrétien d'hiver. Ce n'est pas pourtant sans de graves motifs que M. P. de M. s'est décidé à les exclure de ses listes. Quelque mérite qu'aient ces diverses poires, on ne saurait disconvenir, en effet, que les arbres qui les produisent ne soient en général peu vigoureux, chancreux et atteints de gale. Ces anciennes variétés sont épuisées; aussi ne donnent-elles que trop souvent des fruits tachés, presque toujours véreux ou pierreux, tandis que toutes celles qu'indique le savant horticulteur de Meylan fournissent des sujets vigoureux, capables de nourrir des fruits sains et abondants.

'Nous n'avons donné qu'un faible aperçu de l'intéressant travail de M. P. de M. C'est à ce travail lui-même qu'il faudra recourir pour connaître, avec tous les détails indispensables, chacune des variétés dont nous nous sommes bornés à indiquer les noms.

Puisque nous avons fait une excursion sur le domaine de l'horticulture, nous y resterons encore quelques instants pour parler de la greffe d'hiver.

On sait que la greffe ne se pratique en général que dans les mois de mars ou d'avril, lorsque la sève des arbres se met en mouvement. Un jardinier célèbre du XVIe siècle, Landais, avait pratiqué la greffe en fente en hiver, et, bien qu'il eût constaté les bons résultats de la greffe faite à cette époque, sa découverte fut négligée. Il est probable que cette méthode était complétement ignorée de M. Flory, pépiniériste de la commune de la Vallette, près Toulon, lorsque cet horticulteur eut l'idée, en décembre 1856, de greffer en fente sur cinq sauvageons une variété de poirier qu'il désirait se procurer. Ces greffes, faites à l'époque des plus grands froids et sur des sujets secs et entièrement privés de sève, lui paraissaient d'une réussite fort douteuse; aussi fut-ce avec une bien vive satisfaction qu'il vit se développer, dans le mois de mars, les yeux de ces cinq greffes, tandis que les yeux des autres greffes en fente qu'il avait faites dans les premiers jours du mois de mars n'avaient pas encore grossi.

M. Flory répéta l'année suivante ses greffes d'hiver sur plus de cent sujets, dont plusieurs près de terre, et le succès vint confirmer de nouveau les bons effets de cette greffe. M. Laure, un des agriculteurs les plus distingués du Midi, crut devoir, en 1858, appeler l'attention de la Société impériale et centrale d'agriculture sur les résultats obtenus par le sieur Flory, et cette Société, par l'organe de son rapporteur, M. Poiteau, reconnut les avantages de la greffe d'hiver; mais elle jugea prudent, avant de conseiller cette pratique, d'attendre qu'elle se fût propagée.

M. Laure cite un exemple remarquable de réussite de cette greffe. « En novembre 1857, étant allé, dit-il, dans la belle vallée de Sauvebonne, on m'offrit des poires fondantes dont j'obtins des greffes, que je transportai chez moi. Le lendemain, 22 novembre, je chargeai un de mes ouvriers, que je savais avoir greffé quelquefois, de poser mes greffes. Il ne voulut pas d'abord se charger de cette opération, par la raison que, par suite de l'état de siccité des greffes et des sujets, il craignait de ne pas réussir; cependant, cédant à mes désirs, il se décida à me placer huit greffes, dont cinq sur les branches d'un jeune poirier, d'une espèce qui ne me convenait pas, et trois sur trois rejets sauvageons. Ces greffes, faites pas un temps très-froid, eurent un plein succès, et si l'une d'elles n'avait pas été détachée dernièrement par un coup de vent, elles existeraient encore toutes trois; et je dois, de plus, faire observer que les cinq greffes posées sur les branches de mon jeune poirier étaient à près d'un mètre au-dessus du sol, et conséquemment qu'elles se sont conservées durant tout l'hiver sans être enfouies dans la terre. »

Ce fait, et d'autres que nous pourrions citer, nous permettent de recommander la greffe d'hiver à l'attention des horticulteurs.

Les arbres fruitiers, dont on néglige tant la culture dans la plupart des domaines, sont pourtant susceptibles de procurer de beaux revenus, depuis surtout que, grâce aux chemins de fer, tous les fruits peuvent être transportés sur les marchés les plus éloignés. Il faut toutefois que les propriétaires se préoccupent avant tout de n'avoir que de belles et bonnes espèces, et qu'ils greffent sans pitié toutes celles qui sont peu fertiles ou de mauvaise qualité. On ne saurait croire les produits fabuleux que peuvent donner certains arbres. Le congrès pomologique de Bordeaux a été à même d'admirer récemment, dans la belle propriété de M. Bouchereau, un poirier magnifique de l'espèce dite *certeau d'automne*, qui donne chaque année des produits considérables, et dont les fruits furent vendus, en 1857, à un confiseur, pour la somme énorme de 226 fr. Nous croyons donc rendre un véritable service aux cultivateurs en les engageant à se livrer avec intelligence à la culture des arbres fruitiers.

La supériorité de l'agriculture anglaise sur celle de la France n'est plus contestée de personne aujourd'hui; il suffit d'ailleurs d'avoir lu l'excellent ouvrage de M. Léonce de Lavergne, intitulé : *Economie rurale de l'Angleterre, de l'Ecosse et de l'Irlande,* pour être complétement édifié à cet égard. Ce qu'on ne saurait trop admirer chez nos voisins d'outre-Manche, c'est l'esprit de persévérance dont ont fait preuve certains de leurs éleveurs pour arriver à l'amélioration de toutes les races de bestiaux. Le succès a dépassé toutes leurs espérances, et il est difficile de désirer, en fait de races de boucherie, des espèces plus parfaites que le Durham pour l'espèce bovine, et le Southdown ou le Leicester pour la race ovine. Les Anglais sont tellement convaincus de la nécessité de se procurer de bons reproducteurs pour améliorer leur bétail, qu'ils n'hésitent pas à payer des prix énormes pour l'achat ou même la location d'un beau taureau ou d'un beau bélier. Pour donner une idée des bénéfices considérables que réalisent aujourd'hui les propriétaires qui possèdent les plus beaux reproducteurs, nous allons citer, d'après l'excellente *Revue agricole de l'Angleterre* de M. de la Trehonnais, les prix de location qu'a obtenus le célèbre Jonas Webb, pour ses béliers si renommés de la race South-

down. Le tableau suivant indiquera ces prix,
pendant huit années consécutives :

Années.	Nombre de bêtes louées.	Moyenne du prix de location.	Total.
1852	69	555	40,295 fr.
1853	71	558	39,618
1854	75	631	47,325
1855	77	645	49,665
1856	77	830	63,900
1857	65	700	45,500
1858	61	525	32,025
1859	54	637	34,398

Ces béliers sont loués chaque année aux enchères publiques; mais, ainsi que le fait remarquer M. de la Trehonnais, le nombre des béliers
loués aux enchères publiques ne représente pas
toute la quantité d'animaux loués ou vendus par
Jonas Webb; bien des arrangements ont lieu, en
effet, avant les enchères.

M. Sanday, le célèbre éleveur de Dishleys,
retire également chaque année un gros revenu
de la location de ses béliers. Aux dernières enchères il avait 28 béliers d'un an, dont la
moyenne des locations s'est montée à 865 fr.,
minimun 265 fr., maximun 2,365. 19 béliers
de deux ans ont été loués au prix moyen de
750 fr.; huit autres béliers de différents âges
se sont loués à une moyenne de 600 fr. Ces enchères ont donc produit à M. Sanday la somme
de 43,270 fr.

Plusieurs personnes avaient demandé à M. de
la Trehonnais pourquoi les grands éleveurs
comme Bakewel, Webb, Sanday, etc., louaient
leurs béliers au lieu de les vendre.

M. de la Trehonnais prouve que le système

de location des béliers est également avantageux au propriétaire et au locataire : au propriétaire, parce qu'il peut conserver dans son troupeau le sang de ses meilleurs animaux, tout en tirant parti de leur excellence par une location lucrative ; au locataire, parce que, sans faire un sacrifice considérable, il peut changer tous les ans le sang de ses étalons et jouir ainsi des avantages d'un grand troupeau sans en subir les charges.

Les vendanges sont à peu près terminées dans toute la France, et ceux qui, se berçant des plus douces illusions, assuraient qu'on aurait encore cette année une belle récolte, ont pu se convaincre, par le haut prix actuel des vins, que ce produit n'était pas aussi abondant que ce qu'ils pensaient. Le vin sera encore cher cette année, mais en revanche on aura le pain à bon marché : ce sera une compensation.

Nous ne pouvons résister au désir de citer quelques lignes d'un spirituel feuilletoniste, qui, sous une forme légère et piquante, contiennent quelques bons conseils dont le gouvernement pourrait faire son profit :

« Si j'étais le gouvernement de la France, dit cet aimable causeur, je m'occuperais avant tout de pousser à l'extension de la culture de la vigne, et, au lieu d'entraver cette culture par des taxes onéreuses, je l'encouragerais par des primes. Et d'abord, je l'affranchirais de tout impôt, excepté celui du sol, et j'instituerais un ordre du mérite vinicole, dont le chapitre se tiendrait tous les ans, à l'équinoxe d'automne, dans l'une des capitales des vignobles les plus renommés, Beaune, Bordeaux ou Reims. Et en même temps je décernerais des récompenses honorifiques aux gourmets et aux vignerons les plus méritants ; j'édicterais des peines épouvantables contre les industriels félons qui changent en boissons malfaisantes les plus précieux dons de Dieu, les plus nobles produits du territoire national. Car les falsificateurs de boissons, qui se jouent si impunément de l'honneur et de la santé de leurs concitoyens, ne sont pas seulement les ennemis les plus dangereux de la France au dedans et au dehors, ce sont de vrais criminels de lèse-majesté. »

Si l'on avait un jour à nommer au suffrage universel un ministre de l'agriculture et du commerce, nous promettons notre voix et celles d'un grand nombre de nos lecteurs au spirituel auteur de la charmante boutade que nous venons de transcrire.

15 octobre 1859.

IX

Nous venons de lire le programme du concours régional agricole qui doit se tenir, en 1860, dans la ville de Montpellier, et qui embrasse dans sa circonscription les départements du Gard, de Vaucluse, des Pyrénées-Orientales, du Var, des Bouches-du-Rhône, de l'Hérault, de l'Aude et de la Corse.

La prime d'honneur, qui consiste, on le sait, en une somme de 5,000 fr. et une coupe d'argent de 3,000 fr., sera décernée, lors de cette exposition, à l'agriculteur du département de l'Hérault dont l'exploitation, comparée aux autres domaines ruraux du département, sera la mieux dirigée, et qui aura réalisé les améliorations les plus utiles et les plus propres à être offertes comme exemple. Les agriculteurs qui concourent pour la prime d'honneur ont déjà reçu, au mois de mai, la visite du jury chargé d'examiner leurs domaines et, quoique la décision du jury ait dû être arrêtée, ce ne sera qu'en mai 1860 que nous pourrons connaître le nom de l'heureux lauréat. Une somme de 500 fr. et des médailles d'argent et de bronze seront mises, en outre, à la disposition du jury, pour être distribuées entre les divers agents de l'exploitation primée.

Il serait trop long d'indiquer ici la liste de tous les prix qui seront décernés à ce concours régional. Nous nous bornerons à dire qu'une somme de 33,010 fr. et 291 médailles seront réparties de la manière suivante :

Pour l'espèce bovine, diverses primes s'élevant à la somme de 22,300 fr. :

25 médailles en or,
25 médailles en argent,
et 21 médailles en bronze.

Pour l'espèce ovine, 7,600 fr. de primes :

10 médailles en or,
10 médailles en argent,
et 17 médailles en bronze.

Pour l'espèce porcine, 2,860 fr. de primes :

6 médailles en or,
6 médailles en argent,
et 8 médailles en bronze.

Pour les animaux de basse-cour, 250 fr. de primes :

2 médailles en argent,
et 10 médailles de bronze.

Pour les machines et instruments agricoles :

28 médailles en or,
65 médailles en argent,
et 70 médailles en bronze.

Il nous semble que, dans les départements qui doivent prendre part, en 1860, au concours

régional de Montpellier, l'élève de l'espèce bovine a une bien moins grande importance que
celui de l'espèce ovine, et qu'on aurait dû, en
conséquence, répartir d'une manière plus équi-
table les primes et les prix à distribuer entre
ces deux espèces d'animaux. Pourquoi n'ac-
corde-t-on que 7,600 fr. de primes et 37 médailles aux béliers et aux brebis, tandis qu'on
réserve 22,300 fr. et 74 médailles aux taureaux
et aux vaches ? C'est le contraire qui devrait
avoir lieu, car, en industrie comme en agriculture, le gouvernement ne doit encourager que
ce qui mérite réellement de l'être. Or dans les
départements du Midi, où les fourrages sont habituellement d'un prix si élevé, l'élève de l'espèce bovine sera presque toujours une mauvaise spéculation, et l'appât d'une riche prime
ne décidera jamais un véritable agriculteur à
échanger ses moutons, qui coûtent si peu à
nourrir dans nos garigues, contre des taureaux
ou des vaches qui, pour se maintenir en bon
état, lui consommeraient pour 1 fr. 25 c. ou 1 fr.
50 c. de fourrage par jour. L'industrie des vaches laitières peut seule être profitable dans le
Midi, pour les exploitations qui se trouvent placées au voisinage des grandes villes, là où le lait
se paye 20 à 25 centimes le litre, et encore faut-
il, même dans ces cas privilégiés, pour obtenir
de bons résultats, ne faire jamais d'élèves, vendre les veaux à la boucherie le plus tôt possible,
et se défaire des vaches dès qu'elles commencent à perdre leur lait. Nous croyons que les
observations que nous venons de soumettre à
nos lecteurs mériteraient d'être prises en considération par MM. les inspecteurs d'agriculture,
afin qu'on pût à l'avenir modifier, dans notre

région, le programme des prix dans le sens que
nous venons d'indiquer.

Pour donner plus d'attraits à la solennité
agricole qui doit attirer l'année prochaine, un
grand nombre de visiteurs à Montpellier, M. le
préfet de l'Hérault a eu l'heureuse idée d'organiser, en dehors du concours régional officiel,
plusieurs autres expositions. Les beaux-arts,
l'industrie, l'horticulture, l'histoire naturelle,
les animaux de boucherie, auront des expositions particulières, pour lesquelles le département
et la ville de Montpellier ont voté des fonds
spéciaux. Les opérations du concours régional
commenceront le jeudi 10 mai, et se termine-
ront le dimanche 13 mai par la distribution
solennelle de la prime d'honneur et des prix
et médailles. Nous prévenons les personnes qui
voudraient être admises à exposer qu'elles doivent adresser une déclaration écrite, avant le
1er avril 1860, à M. le ministre de l'agriculture, du commerce et des travaux publics. Pour
rendre, du reste, plus facile l'accomplissement
des obligations imposées aux exposants, des
déclarations en blanc sont déposées dans toutes
les préfectures et dans toutes les sous-préfec-
tures, où toute personne peut aller en retirer le
nombre d'exemplaires dont elle a besoin.

Les encouragements qu'on accorde depuis
quelques années à l'agriculture ont contribué
à faire faire de rapides progrès à cette science,
qui est, sans contredit, la plus utile de toutes;
mais il nous semble toutefois qu'on a trop

négligé jusqu'à présent de s'occuper d'une question très-essentielle : nous voulons parler de la comptabilité agricole. L'honorable et spirituel président de la Société d'agriculture du Gard, M. de Labaume, disait récemment aux agriculteurs réunis à Vauvert : « L'agriculture que nous recommandons est celle qui marche en s'appuyant sur l'arithmétique. » Ces paroles méritent d'être sérieusement méditées. Il ne suffit pas, en effet, de faire comme ce candidat à la prime d'honneur de Vaucluse, qui, pour toute comptabilité, avait un tiroir dans lequel il mettait l'argent qu'il retirait de la vente de ses produits et où il puisait lorsqu'il avait à subvenir aux dépenses que nécessitait la culture de son domaine. Ce qui restait au fond du tiroir à la fin de l'année représentait bien, il est vrai, le revenu net de la propriété, si toutefois il n'avait pas été fait d'améliorations foncières ; mais comment ce propriétaire pouvait-il se rendre compte, de cette manière, du produit de chaque culture, de chaque branche d'exploitation ?

M. le baron de Veauce fait remarquer, dans le discours qu'il a prononcé au concours du comice agricole d'Ebreuil (Allier), que tous les propriétaires qui ont obtenu jusqu'à présent les grandes primes d'honneur ont été obligés de déployer une persévérance et un zèle constants, principalement dans le début de leur entreprise agricole, et que ce n'est que grâce aux avances de leurs capitaux et à l'*exactitude* de leur *comptabilité* qu'ils ont pu se rendre compte de ce qui leur était utile et avantageux à cultiver, en raison des bénéfices obtenus, et de ce qu'ils devaient repousser de leur exploitation, par suite des pertes que leur faisait éprouver telle ou telle culture.

Une bonne comptabilité est aussi indispensable au propriétaire qu'au négociant. A combien de fausses spéculations n'avons-nous pas vu se livrer une foule de cultivateurs, à défaut d'une tenue régulière de livres qui les aurait de suite prévenus de la mauvaise voie dans laquelle ils s'étaient imprudemment engagés? Un propriétaire tient un troupeau sur son domaine pour se procurer des engrais, et il arrive souvent qu'en agissant ainsi il paye ses engrais beaucoup plus cher que ce qu'il aurait pu les acheter ailleurs. Tel autre croit devoir brûler son marc de raisin et ne s'aperçoit pas qu'il aurait eu plus de profit à le vendre. Un troisième est dans l'usage d'engraisser une ou deux paires de bœufs avec le fourrage qu'il récolte, et il arrive, par ce moyen, à ne se payer son foin qu'à 4 fr. 25 ou 4 fr. 50 c. le quintal, lorsqu'il aurait pu le vendre au prix de 3 ou 4 francs. Un autre, enfin, a dans son domaine des champs qui ne lui donnent que de médiocres produits, et, s'il convertissait ces champs en vigne, il aurait bien vite doublé ou triplé ses revenus. La routine, ne craignons pas de l'avouer, a encore trop d'empire sur l'esprit d'un grand nombre de cultivateurs : on cultive de telle ou telle manière dans un pays, parce qu'on ne veut pas faire autrement que ses voisins, et comme on n'a, la plupart du temps, qu'une comptabilité insuffisante, on ne s'aperçoit nullement qu'on fait fausse route.

Citons un dernier exemple pour prouver combien il est utile de savoir compter quand on se livre à la pratique de l'agriculture. M. de

Labaume, dans le discours dont nous avons déjà
parlé, fait ressortir tous les avantages qu'on
peut retirer de la greffe de la vigne. Il a vu
dans un domaine de l'Hérault de vieilles vignes
que, partout ailleurs, on se serait cru obligé
d'arracher, rajeunies complétement, grâce à
l'opération de la greffe. Une de ces vignes, qui
avait quatre-vingts ans lorsqu'elle fut greffée, il
y a de cela trente ans, avait l'aspect d'une
vigne de trente ans et donnait des produits
aussi beaux que ceux qu'on est en droit d'attendre d'une vigne de cet âge. Que serait-il arrivé
si l'on eût arraché cette vigne au lieu de la greffer ? Le terrain pierreux et assez médiocre dans
lequel elle était complantée n'aurait pas permis
qu'on y semât des fourrages ou des céréales pendant les sept années de repos auxquels il aurait
fallu condamner cette terre, avant qu'il eût été
possible de la remettre en vigne. On aurait donc
perdu sept années de revenus, auxquelles il
faut ajouter les frais de plantation et ceux de
culture pendant les quatre ou cinq autres années
qui se seraient écoulés avant que la nouvelle
vigne fût en plein rapport. Le compte de la
perte éprouvée est sans doute facile à faire
dans ce cas, quoique bien des gens arrachent
encore leurs vignes au lieu de les greffer, mais
il en est plusieurs autres où l'on ne peut s'aper-
cevoir de ses fautes qu'à l'aide d'une bonne
comptabilité. Nous croyons donc utile d'insis-
ter vivement auprès des agriculteurs pour qu'ils
veuillent bien s'astreindre à tenir régulièrement
des livres de compte aussi détaillés que possible, car, selon nous, le progrès agricole est intimement lié à l'établissement d'une bonne
comptabilité. Nous sommes tellement convaincus

de cette vérité que nous verrions figurer avec plaisir, dans le programme des prix qui se distribuent chaque année aux divers concours régionaux, des primes spéciales pour les cultivateurs qui pourraient justifier d'une tenue régulière de livres de compte.

Nous avons déjà montré à plusieurs reprises, dans nos chroniques, que nous n'étions nullement partisans de l'échelle mobile et que nous appelions de tous nos vœux le moment où la France entrerait résolûment dans la voie de la liberté commerciale. Nous sommes si heureux de trouver dans le discours de M. le baron de Véauce, député, des idées tout à fait conformes aux nôtres, que nous ne pouvons résister au désir de faire connaître la partie de ce discours qui traite de l'échelle mobile.

« L'an dernier, dit cet honorable député, je vous disais que l'échelle mobile avait fait son temps, et que le régime de la liberté serait plus utile à l'agriculture que l'application de cette loi d'une protection apparente, et plus nuisible qu'utile dans ses conséquences.

» Cette question a tellement occupé le monde agricole, que je crois devoir vous faire connaître quel a été le résultat de l'enquête faite à cet égard par le conseil d'Etat.

» Il a été reconnu avec évidence que l'échelle mobile n'est qu'un préjugé. Mais, comme l'a dit M. Buffet, ancien ministre de l'agriculture : « *Il est des moments où il est moins périlleux de se tromper avec tout le monde que d'avoir raison tout seul. »*

» Et l'échelle mobile a été rétablie malgré la déposition de cet autre ministre, M. Passy, qui, lors de l'enquête, disait avec éloquence : *« Les populations, débarrassées d'une prétendue protection qui les trompe et les énerve, et, livrées à elles-mêmes, gagnent en activité d'esprit, en énergie, en persévérance, en qualités intellectuelles et morales, seul fonds qui soit durablement fécond et productif, et finissent par se déshabituer de la déplorable manie de rendre le gouvernement responsable, tantôt du haut prix, tantôt du bas prix des choses !.. »* Malgré tout cela, on a rétabli l'échelle mobile pour convaincre les hommes à préjugés et les incrédules qu'elle ne servait absolument à rien.

» Aussi, vous le voyez, loin d'augmenter, les grains n'ont fait que baisser de prix ; c'est que l'on ne tient pas assez compte de l'équilibre qui tend à se faire de jour en jour ; et, enfin, c'est qu'il n'y a aucune loi qui puisse empêcher qu'une marchandise quelconque soit à bas prix quand elle est en abondance, et d'un prix élevé quand elle est rare.

» Cette enquête nous a prouvé que la France produit aujourd'hui deux fois plus de froment qu'elle n'en produisait à l'époque où a été créée l'échelle mobile. Elle a prouvé encore que, à cette même époque de la création de l'échelle mobile, la production moyenne, dans toute la France, était de 10 à 11 hectolitres, tandis qu'elle dépasse aujourd'hui 16 hectolitres à l'hectare. »

Nous avons lu dans la *Culture*, excellent journal publié sous la direction de M. Sanson, le récit d'une expérience assez intéressante faite par M. Jules Gy de Kermavic. Cet agriculteur eut l'idée d'assayer d'obtenir des pommes de terre à l'aide de boutures. Vers la fin du mois de mai il cassa plusieurs têtes de cette plante, longues d'environ 20 à 25 centimètres, et repiqua ces boutures à l'aide du plantoir, dans une terre qui n'était pas d'ailleurs dans de bonnes conditions. Cependant ces boutures reprirent toutes très-bien, grossirent et se ramifièrent tant, que les plantes obtenues ainsi égalaient celles qui provenaient directement d'un tubercule; elles fleurirent et portèrent même des graines, et lorsque le moment de les arracher fut venu, elles fournirent des pommes de terre saines et plus grosses que celles des voisins de M. Kermavic. Si, comme le fait observer l'auteur de cette expérience, cette pratique peut donner de bons résultats, elle rendrait quelques services. On pourrait regarnir les endroits où les pommes de terre auraient été détruites, obtenir des tiges plus tôt, en plantant les tubercules dans des lieux abrités ou sur couches, et on se servirait des tiges pour faire des boutures; d'un autre côté, on pourrait, par ce moyen, prolonger la plantation jusqu'au commencement de juin; ce serait aussi une précieuse ressource pour propager plus vite les espèces rares et précieuses. Si, en outre, l'expérience prouvait qu'on peut obtenir par ce procédé un produit égal à celui que donne la plantation ordinaire, on arriverait à une notable économie de semence. Ces expériences méritent d'être répétées avec soin ; nous attendrons de nouveaux faits avant de recommander ce mode de propagation d'une des plantes alimentaires les plus utiles.

Il paraîtrait, d'après une lettre adressée à M. Barral, directeur du *Journal d'agriculture pratique*, par M. Pierre de Tartaglia, que la Dalmatie a été préservée jusqu'à présent des deux plus grands fléaux de l'agriculture, la maladie de la vigne et la gâtine des vers à soie. Des négociants italiens ont acheté, pour faire de la graine, une assez notable quantité de cocons de ce pays à des prix très-élevés, puisque M. Tartaglia a pu leur vendre ceux de sa dernière éducation à raison de 20 fr. 10 c. le kilogramme. M. Tartaglia s'est réservé une petite portion de la graine qui a été faite avec ses cocons et il compte en envoyer un échantillon à M. Barral, afin que cette graine soit essayée, la saison prochaine, par quelque éducateur français. Il est probable que M. Barral exigera qu'on lui rende compte des résultats de cette éducation. M. Tartaglia, qui habite Spoleto en Dalmatie, termine sa lettre en se mettant gracieusement à la disposition des éducateurs de France qui désireraient faire des acquisitions de graines dans son pays.

Pendant qu'on discute, avec plus ou moins de vivacité, dans tous les journaux agricoles, la question de l'enseignement classique de l'agriculture, nous croyons utile de mettre sous les yeux de nos lecteurs le vœu qui fut émis en 1850, par le congrès central, lequel congrès a été, d'après M. de Tocqueville, la plus importante représentation qu'ait jamais eue l'agriculture.

« Le congrès central émet le vœu

« 1° Que l'enseignement, dans les *écoles primaires rurales*, comprenne des leçons élémentaires d'agriculture, d'horticulture et de sylviculture.

« Que des dispositions soient prises, dans les *écoles normales*, pour préparer les élèves à cet enseignement, et que, à l'avenir, le programme d'examen impose aux candidats instituteurs des conditions d'instruction agricole et horticole ;

« 2° Que, dans les *colléges communaux*, des cours d'agriculture soient professés aux élèves qui veulent acquérir cette instruction ;

« 3° Qu'il soit établi, par régions, des *instituts*, où les élèves se familiarisent avec la culture pratique, mais où la science agronomique soit enseignée dans son ensemble à un degré supérieur ;

« 4° Enfin qu'il soit créé, dans les *séminaires* et dans les établissements religieux des autres cultes reconnus par l'État, des cours d'agriculture et d'horticulture, afin de mettre les prêtres de campagne à même de propager les bonnes méthodes et de combattre les mauvaises.

« Le congrès verrait avec reconnaissance l'épiscopat s'occuper de ces cours. »

Tous ces vœux émis par le congrès central d'agriculture, et auxquels nous nous rallions

10

complétement, ont été pris en considération par le département de l'Oise, et déjà, depuis plusieurs années, l'enseignement classique de l'agriculture se trouve introduit dans les écoles primaires, dans l'école normale, dans les seminaires et dans les colléges de ce département. Si l'on songe, dit M. de Tocqueville, que la classe des cultivateurs et celle des propriétaires forme les huit dixièmes de la population totale de la France, on comprendra facilement combien il est utile de chercher à répandre les connaissances agricoles.

Le département de l'Hérault ne devrait-il pas marcher résolûment dans la voie où il a été déjà devancé par le département de l'Oise? Nous avons trop de confiance dans le dévouement de M. le préfet de l'Hérault aux intérêts de l'agriculture, pour n'être pas certain qu'il aura suffi de lui indiquer cette lacune pour qu'il s'efforce de la combler. Qu'il fasse appel au zèle des membres des diverses Sociétés d'agriculture de son département, et il trouvera sans doute parmi eux des éléments suffisants pour organiser d'une manière complète l'enseignement agricole dans tous les établissements d'instruction publique (1).

(1) Un cours d'agriculture est professé depuis onze ans à l'École normale primaire de Montpellier, par le docteur Touchy, conservateur du jardin des plantes, et un des membres les plus distingués de la Société centrale d'agriculture de l'Hérault. Nous espérons que les leçons de cet habile praticien inspireront le goût de l'agriculture aux instituteurs qui sortent de l'École normale, et que ceux-ci pourront à leur tour enseigner les éléments de la science agricole, dans les écoles primaires qu'ils seront appelés à diriger.

M. Duffaud s'est livré à de consciencieuses recherches pour connaître les variations qu'ont éprouvées les prix des grains, et il a été assez heureux pour retrouver la statistique officielle du prix des blés sur les marchés de Poitiers et de Limoges, à partir de l'année 1400. A cette date jusqu'en 1548, l'hectolitre de blé ne s'est vendu en moyenne que 5 fr. 55 c. De 1548 jusqu'en 1775, le prix de l'hectolitre se tient en moyenne entre 7 et 12 fr. Après 1775, il monte tout à coup jusqu'à 17 fr. 75 et se maintient à ce taux pendant assez longtemps, pour s'élever ensuite à des prix beaucoup plus élevés, surtout dans les dernières années de disette que nous avons eu à subir.

Il paraîtrait, d'après M. Duffaud, qu'on trouve encore plus de variations et d'irrégularités dans la production des vins. Le prix de l'hecto-litre n'était au IX⁰ siècle que de 1 f. 90 à 2 f. 11, tandis que dix siècles après nous voyons les vins valoir de 25 à 35 fr. l'hectolitre.

15 novembre 1859.

X

Les propriétaires qui ont dans leurs olivettes des espèces dont le fruit est bon à confire, telles que la verdale, la picholine, l'amellau et la lucques, ne se sont peut-être jamais donné la peine de calculer s'il est plus avantageux pour eux de vendre leurs olives vertes que de les laisser mûrir pour les convertir en huile. C'est pour les renseigner d'une manière positive sur cette question assez importante que nous allons mettre sous leurs yeux le résultat de nos expériences.

Le 6 octobre 1857, nous fîmes remplir un vase d'olives vertes, de l'espèce dite verdale ; ce vase contint 1,237 olives, qui pesaient ensemble 4 kilogrammes.

Le 30 décembre de la même année, nous fîmes cueillir, sur le même arbre, une quantité suffisante d'olives pour remplir le vase qui avait servi à notre première expérience. Ce vase contint 2,107 olives, qui pesèrent également 4 kilogrammes.

D'où il résulte :

1° Que 100 kil. d'olives vertes contiennent 30,925 olives ;

2° Que 100 kil. d'olives mûres contiennent 52,452 olives.

Je conclus de là que, si les 52,452 olives mûres, qui pesaient, dans cet état, 100 kil., avaient été ramassées vertes, elles auraient pesé, à cette époque, 169 kil. 61.

Ayant fait peser avec soin 316 hectolitres d'olives que nous allions envoyer au moulin pour être converties en huile, nous trouvâmes un poids de 20,590 kilogr., qui rendit 2,566 litres d'huile, ce qui donne 42 litres 46 centilitres d'huile par 100 kilogrammes d'olives mûres.

En partant de ces données, il nous a été facile d'établir le tableau suivant, à l'aide duquel tout propriétaire, connaissant le prix qu'on lui offre de ses olives vertes, saura à combien cette vente lui fait revenir l'huile qu'il aurait pu faire avec ces mêmes olives parvenues à leur maturité.

Prix de vente des olives vertes.			Prix correspondant de l'huile.
fr.			fr. c.
à 9 les 100 k., le décal. d'huile revient à			12 26
10 —	—	—	13 62
11 —	—	—	14 98
12 —	—	—	16 34
13 —	—	—	17 71
14 —	—	—	19 07
15 —	—	—	20 43
16 —	—	—	21 79
17 —	—	—	23 16
18 —	—	—	24 52
19 —	—	—	25 88
20 —	—	—	27 24
21 —	—	—	28 61
22 —	—	—	29 97
23 —	—	—	31 33
24 —	—	—	32 69
25 —	—	—	34 05

Il serait facile de continuer ce tableau; mais, tel qu'il est, il suffira aux propriétaires pour les cas les plus habituels, car les olives verdales et les picholines se vendent ordinairement de 16 à 22 fr. les 100 kilogrammes.

Un propriétaire de l'arrondissement de Montpellier a vendu, cette année, à un confiseur, 10,000 kilog. d'olives verdales, à 22 fr. les 100 kilog. Il a fait, par cette vente, une recette de 2,200 fr. Or, d'après ce que nous avons vu plus haut, ces 10,000 kilog. d'olives vertes n'auraient pesé, à l'époque de leur maturité, que 5,895 kilog., qui auraient produit 734 litres d'huile. En supposant qu'il eût vendu cette huile au prix déjà assez élevé de 20 fr. le décalitre, ils n'aurait encaissé qu'une somme de 1468 fr. Il a donc augmenté son revenu d'une somme de 732 fr., en vendant ses olives vertes, au lieu de les laisser mûrir pour en faire plus tard de l'huile.

Si l'on songe, en outre, que par la vente sur place des olives vertes on économise les frais de moulin et ceux de transport, on verra qu'on a presque toujours avantage de vendre ses olives aux confiseurs (1).

Je n'ai pas besoin d'ajouter que, la cueillette des olives vertes se faisant habituellement à la fin de septembre ou au commencement d'octobre, on soulage ainsi beaucoup les arbres en les débarrassant de leurs fruits deux ou trois mois environ avant l'époque où cette opération aurait lieu s'il fallait attendre la maturité des olives.

Remplacer une main-d'œuvre coûteuse par l'emploi d'un instrument facile à manier et qui fait beaucoup de travail en peu de temps et à bon marché, tel est le problème que vient de résoudre la brosse métallique imaginée par M. de la Ville-Montbazon.

Depuis longtemps quelques cultivateurs du sud-ouest de la France savaient se débarrasser

(1) Les frais s'élèvent à 3 fr. environ par décalitre d'huile.

des crucifères qui infestent leurs champs en promenant de forts balais d'épines sur les terres ensemencées en céréales. En agissant ainsi on blessait les plantes parasites, et ces blessures, qui ne produisaient aucun mauvais effet sur les céréales et sur les graminées, étaient suffisantes pour faire mourir toutes les crucifères, telles que moutardes, radis sauvages, ravenelles, et les spergules, les chrysanthèmes, les renoncules et plusieurs autres mauvaises plantes. Il faut seulement, pour que cette opération soit suivie des bons effets qu'on en attend, qu'elle soit faite lorsque la température est à deux degrés au-dessous de zéro.

M. Gayot, à qui nous empruntons ces renseignements, décrit dans le *Journal d'agriculture pratique* la brosse métallique de M. de la Ville-Montbazon, qui serait peut-être mieux nommée *herse en fil de fer*, et qui remplace avec avantage et à des conditions très-économiques l'emploi d'un grand nombre de balais d'épines.

Cet instrument se compose, d'après M. Gayot, de 90 pièces de bois d'une largeur de 0 m. 15 sur une longueur de 0 m. 20 c. et de 0 m. 04 c. d'épaisseur; chacune de ces pièces est armée de 8 ressorts en fil de fer, soit, en totalité, 720 ressorts.

Les 90 pièces de bois, réunies sur 6 rangées de 15 chacune, sont maintenues à petite distance, occupant ainsi un carré superficiel de 1 m. 50. Le rapprochement ou la liaison s'opère au moyen de petites cordes de bonne qualité, qui les traversent et leur permettent d'agir simultanément, mais dans une complète indépendance les unes des autres : de la sorte elles s'appliquent très-efficacement à toutes les ondulations du terrain et frictionnent au passage toutes les plantes qui couvrent le sol.

On fait traîner cet instrument, qui exige peu de forces, par un petit cheval ou par un âne, et si l'animal marche vivement au pas, on peut opérer dans une matinée sur une étendue de 3 hectares environ. Ce même travail aurait exigé le concours de 40 à 50 personnes armées de balais d'épines. La friction énergique que cette brosse métallique fait subir à toutes les plantes sur lesquelles elle se promène ne nuit nullement aux céréales, tandis qu'elle est mortelle pour les mauvaises herbes dont nous avons indiqué les noms.

L'instrument de M. de la Ville-Montbazon est chaudement recommandé aux cultivateurs par M. Alph. de Calbiac, qui a pu constater par sa propre expérience combien ce petit engin agit efficacement pour la destruction des mauvaises herbes.

M. Gilis, vétérinaire à Molières (Tarn-et-Garonne), écrit à M. le directeur de la *Culture* qu'il a obtenu de bons résultats en administrant du sel de cuisine aux oies et aux canards soumis à l'engraissement.

C'est en gorgeant les canards avec le maïs cuit, et les oies avec le maïs cru, qu'on arrive à engraisser ces oiseaux de basse-cour. Pour administrer le sel aux canards, M. Gilis met cette substance avec l'eau et le maïs dans le vase où l'on fait cuire le grain. Il fait dissoudre le sel dans la boisson qu'on est obligé de faire prendre aux oies pendant qu'on les gorge.

La quantité de sel à administrer doit être égale à celle que l'on emploierait si le liquide dans lequel il est dissous était destiné à faire du bouillon pour l'homme.

Voici les avantages qu'on retire de l'emploi du sel :

1° L'engraissement se fait plus rapidement ;

2° Avec une même quantité d'aliments on obtient plus de chair et de graisse ;

3° La viande acquiert plus de fermeté et plus de saveur, et la graisse plus de densité et de finesse.

Il est peu d'écrivains, parmi ceux qui s'occupent d'agriculture d'une manière toute spéciale, qui possèdent, comme M. Joigneaux, le talent de se faire toujours lire avec plaisir. Un article, que vient de publier ce spirituel écrivain dans la *Feuille du cultivateur*, traite avec beaucoup d'originalité la question du maintien des vignes à la même place. M. Joigneaux s'explique très-bien qu'une forêt puisse vivre des siècles à la même place, puisque les arbres qui la composent restituent à la terre, par les fruits et les débris qui s'accumulent autour d'eux, plus de nourriture que ce qu'ils lui en prennent. Mais la vigne ne se trouve pas dans d'aussi bonnes conditions. Ne lui enlève-t-on pas, en effet, chaque année, ses sarments, ses feuilles et ses grappes ? Il est vrai que dans bien des cas l'on cherche à redonner à la terre de la fertilité en la fumant

avec des engrais de ferme ou de commerce ;
mais, en agissant ainsi, la restitution, d'après
M. Joigneaux, n'a pas lieu dans les conditions
naturelles, car l'on oblige la vigne à se nourrir
de substances qui, pour la plupart, ne lui con-
viennent nullement. Cette nourriture, qui n'est
pas du goût de la vigne, ne peut que lui être
préjudiciable ; la plante peut bien présenter
une apparence de vigueur qui en impose au
vigneron, mais, à la longue, ces fumures co-
pieuses et à contre-sens doivent avoir des inconvénients que n'auraient point les fumures
avec des terres rapportées, du marc de raisin,
du sarment haché, de la cendre de vieilles souches, des feuilles de vigne ou des rinçures de
futailles, les seuls engrais véritablement propres aux vignobles, les seuls qui, donnés en
quantités suffisantes, puissent nous permettre
de ramener presque indéfiniment nos ceps à la
même place.

« Vous me prenez, dit M. Joigneaux, une pièce
de 5 francs de la main droite, vous me la rendez de la main gauche : il n'y a rien de changé ;
si, au contraire, vous me rendez cent sous bien
comptés, vous aurez remplacé de l'argent plus
ou moins vrai par du cuivre et de l'étain. C'est
un équivalent de convention, soit, mais un
équivalent qui ne sera pas admis partout. Votre
fumier de ferme n'est aussi qu'un équivalent
de convention, pas davantage : vous restituez
sous forme de monnaie de billon ce que vous
avez reçu sous forme de monnaie blanche, puis
vous vous frottez les mains d'un air satisfait,
et vous dites sans malice aucune : « C'est une
affaire arrangée, mes engagements sont remplis ;
ce que j'avais enlevé à ma vigne en vieilles

souches, sarments, feuilles vertes, ailerons,
vrilles et raisins, je viens de le lui rembourser
en bon fumier de cheval, en guano ou en tout
autre engrais. Partant nous sommes quittes. »

» L'action est honnête, continue M. Joigneaux,
nous nous empressons de le reconnaître; mais
elle pèche par l'intelligence. Que penseriez·vous
d'un Parisien qui aurait reçu de vous une bou-
teille de vin de 1 franc, et qui, au lieu de vous
en rendre une autre de même couleur, même
qualité et même valeur, vous expédierait à
domicile dix voies d'eau, à raison de 10 centimes la voie? Vous diriez tout simplement :
« Cet homme-là n'y est plus; il a la tête félée »,
et vous auriez raison.

» Cependant, c'est à peu près ainsi que les
choses se passent dans la culture de la vigne :
les uns épuisent le sol, lui enlèvent les substances propres à la plante, et les remplacent
par des substances impropres, tandis que les
autres l'épuisent sans rien lui rendre. »

M. Joigneaux n'a pas de confiance dans le
marcottage, le bouturage et la greffe; ce sont
pour lui des procédés de multiplication plus
ou moins forcés, qui finissent par affaiblir et
par user la race peu à peu. Il ne voit donc
d'autres moyens logiques, pour conserver indéfiniment les crûs en renom, que dans le renou-
vellement des ceps par les semis et dans les fumures faites avec les propres débris de la
vigne.

Nous n'avons pas, pour notre part, une bien
grande confiance dans les deux moyens propo-
sés. Le fumier de la vigne avec ses propres débris est une opération fort coûteuse, dont la
pratique n'a pas encore démontré les bons ré-

sultats. Quant aux semis, ils pourraient être funestes à la qualité des vins des grands crûs : car personne n'ignore que les diverses variétés de la vigne ne se reproduisent pas identiquement par les semis. Les viticulteurs qui ont fait des expériences de cette nature sur une grande échelle n'ont pas encore trouvé, que nous sachions, une seule variété qui puisse être substituée avec avantage aux plants anciens, que nous possédons depuis un temps immémorial.

Nous connaissons, dans le canton de Frontignan, des vignes de muscat qui existent depuis plus de trois siècles et qui sont toujours saines et vigoureuses , bien qu'elles n'aient jamais été fumées. Les vignobles les plus renommés de France ont également une vieillesse des plus respectables; et, si les ducs de Bourgogne existaient encore, ils pourraient, aujourd'hui comme autrefois, porter avec orgueil le titre de « Seigneurs des premiers vins de la chrétienté. »

La Société centrale d'agriculture de l'Hérault a décidé, dans sa séance du 24 novembre, qu'elle consacrerait une somme de treize à quatorze cents francs à la distribution d'un certain nombre de prix.

Pour suppléer à ce qu'elle considère comme une lacune regrettable dans le programme officiel du concours régional, elle décernera une médaille d'or, une médaille d'argent et deux médailles de bronze aux plus belles vaches, pleines ou laitières, quelle que soit d'ailleurs

leur race, et alors même qu'elles seraient nées
hors de France. Les huit départements de la
circonscription du concours régional sont admis à disputer ces prix.

Quatre médailles, dont une en or, une en argent et deux en bronze, seront décernées aux
produits agricoles les plus remarquables du département de l'Hérault.

La Société centrale d'agriculture voulant, en
outre, récompenser les services si utiles des divers agents ou serviteurs ruraux, accordera dix
médailles en argent, quinze médailles en
bronze et diverses primes s'élevant à la somme
de 673 francs, aux hommes d'affaires, payrés,
charretiers, valets de labour, bergers, vachers
et travailleurs à la journée, qui auront fait
preuve d'intelligence, de moralité et de fidélité.

Les personnes qui désireront concourir pour
ces divers prix devront être domiciliées dans
le département de l'Hérault. Elles devront
adresser franco, avant le 1er mars 1860, à M. le
président de la Société d'agriculture, à Montpellier, les pièces à l'appui de leur candida-
ture. Nul n'est admis à concourir s'il ne justi-
fie qu'il a servi ou travaillé pendant dix ans au
moins chez le même propriétaire.

Le mélange de la chaux avec du fumier
fait constitue, d'après M. Malaguti, une déplorable pratique. Qu'on jette, pour s'en convaincre, une poignée de chaux dans du fumier de
deux à trois mois, et l'on constatera bientôt,
par l'odeur ammoniacale qui se dégage du mé-

lange, que l'ammoniaque va se perdre dans l'air et qu'on enlève ainsi au fumier une partie de ses principes fertilisants les plus actifs. On comprendrait plutôt l'association de la chaux au fumier frais ; car, dans cet état, le fumier ne peut pas perdre l'ammoniaque qu'il ne possède pas encore, et il paraît résulter, en outre, des expériences de M. Payen, que la chaux, en se combinant dans ce cas avec certains principes azotés des déjections, en retarde la décomposition. Mais, quand le fumier est fait, dit le savant professeur de la Faculté des sciences de Rennes, c'est méconnaître les éléments de la chimie que l'associer à la chaux.

Au moment de terminer cette chronique, qui doit être la dernière de l'année, nous désirons payer notre tribut à un usage antique et respectable, qui veut qu'à l'occasion d'une nouvelle année on formule des souhaits pour le bonheur de ceux auxquels on s'intéresse le plus.

C'est donc à vous, bons et honnêtes cultivateurs, fermiers ou propriétaires, que je m'adresse.

Puissiez-vous voir dans l'année qui va s'ouvrir :

La disparition de l'oïdium avec le maintien des prix actuels du vin ;

Des domestiques et des travailleurs à la journée qui fassent mieux leur tâche en votre absence que lorsque vous les surveillez ;

Des marchands de graines de vers à soie qui

n'acceptent le payement de leur marchandise que lorsque vos éducations auront réussi ;

Des printemps sans gelées blanches, des étés sans grêle ni sécheresse et des vendanges sans pluies ;

Une variété de raisin aussi productive que l'aramon et donnant un vin aussi noir que le mourastel ;

L'apparition d'une épizootie qui détruise complétement tous les insectes nuisibles à l'agriculture, tels que pyrales, altises, gribouris, attelabes, eumolpes, charançons, chenilles, alucites, vers blancs, etc. ;

Des journaux d'agriculture qui ne remplissent pas leurs colonnes de discours et de noms de lauréats, mais qui s'attachent avant tout à traiter les questions pratiques ;

La libre entrée de nos vins dans tous les pays étrangers ;

Le percement de l'isthme de Suez malgré d'opposition peu réfléchie de nos bons voisins les Anglais ;

Enfin, s'il nous est permis de formuler un dernier souhait en notre faveur, nous ferons des vœux pour que les lecteurs du *Messager du Midi* accueillent toujours avec bienveillance nos chroniques agricoles, et pour qu'ils éprouvent autant de plaisir à les lire que nous en éprouvons nous-même à les rédiger.

15 décembre 1859.

TABLE ALPHABÉTIQUE

DES MATIÈRES

CONTENUES DANS LE PREMIER FASCICULE

A

B

C

11

D

E

F

G

S

V